U0010296

彰化學

給小數點台灣
——曹開數學詩

曹開◎著

王宗仁◎編訂　蕭蕭◎校審

晨星出版

【叢書序】

啟動彰化學
——共同完成大夢想

林明德（國立彰化師範大學教授兼副校長）

　　二十多年來，台灣主體意識逐漸抬頭，社區營造也蔚爲趨勢。各縣市鄉鎮紛紛編纂史志，大家來寫村史則方興未艾。而有志之士更是積極投入研究，於是金門學、宜蘭學、澎湖學、苗栗學、台中學、屏東學……，相繼推出，騰傳一時。

　　大致上說來，這些學術現象的形成過程，個人曾直接或間接參與，於其原委當有某種程度的了解，也引起相當深刻的反思。

　　一九九六年，我從服務二十五年的輔大退休，獲聘於彰化師大國文系。教學、研究之餘，仍然繼續台灣民俗藝術的田調工作。一九九九年，個人接受彰化縣文化局的委託，進行爲期一年的飲食文化調查研究，帶領四位研究生進出二十六個鄉鎮市，訪問二百三十多個飲食點，最後繳交《彰化縣飲食文化》（三十五萬字）的成果。

　　當時，我曾說過：往昔，有一府二鹿三艋舺的符碼；今天，飲食文化見證半線風華。這是先民的智慧結晶，也是彰化的珍貴資源之一。

　　彰化一帶，舊稱半線，是來自平埔族「半線社」之名。清雍正元年（1723），正式立縣；四年（1726）創建孔廟，先賢以「設學立教，以彰雅化」期許，並命名爲「彰化縣」。在地理上，彰化位於台灣中部，除東部邊緣少許山巒外，大部分屬於平原，濁水溪流過，土地肥沃，農業發達，有「台灣

第一穀倉」之美譽。三百年來，彰化族群多元，人文薈萃，並且累積許多有形、無形的文化資產，其風華之多采多姿，與府城相比，恐怕毫不遜色。

二十五座古蹟群，各式各樣民居，既傳釋先民的營造智慧，也呈現了獨特的綜合藝術；戲曲彰化，多音交響，南管、北管、高甲戲、歌仔戲與布袋戲，傳唱斯土斯民的心聲與夢想；繁複的民間工藝，精緻的傳統家俱，在在流露令人欣羨的生活美學；而人傑地靈，文風鼎盛，舊、新文學引領風騷，成果斐然；至於潛藏民間的文學，既生動又多樣，還有待進一步的挖掘與整理。

這些元素是彰化的底蘊，它們共同型塑了「人文彰化」的圖像。

十二年，我親近彰化，探勘寶藏，逐漸發現其人文的豐饒多元。在因緣俱足之下，透過產官學合作的模式，正式推出「啓動彰化學」的構想。

基本上，啓動彰化學，是項多元的整合工程，大概包括五個面相：課程設計結合理論與實際，彰化師大國文系、台文所開設的鄉土教學專題、台灣文化專題、田野調查、民間文學、彰化縣作家講座與文化列車等，是扎根也是開拓文化人口的基礎課程，此其一；為彰化學國際化作出宣示，2007彰化文學國際學術研討會聚集國內外學者五十多人，進行八場次二十六篇的論述，為彰化文學研究聚焦，也增加彰化學的國際能見度，此其二；彰化師大文學院立足彰化，於人文扎根、師資培育、在職進修與社會服務扮演相當重要角色，二〇〇七重點發展計畫以「彰化學」為主，包括：地理系〈中部地區地理環境空間分析〉、美術系〈彰化地區藝術與人文展演空間〉與國文系〈建置彰化詩學電子資料庫〉三個子題，橫向聯繫、思索交集，以整合彰化人文資源，並獲得校

方的大力支持，此其三；文學院接受彰化縣文化局的委託，承辦 2007 彰化學研討會，我們將進行人力規劃，結合國內學者專家的經驗與智慧，全方位多領域的探索彰化內涵，再現人文彰化的風貌，爲文化創意產業提供一個思考的空間，此其四；爲了開拓彰化學，我們成立編委會，擬訂宗教、歷史、地理、生物、政治、社會、民俗、民間文學、古典文學、現代文學、傳統建築、傳統表演藝術、傳統手工藝與飲食文化……等系列，敦請學者專家撰寫，其終極目標乃在挖掘彰化人文底蘊，累積人文資源，此其五。

彰化師大扎根半線三十六年，近年來，配合政策積極轉型爲綜合大學，努力參與社區總體營造，實踐校園家園化，締造優質的人文空間，經營境教，以發揮潛移默化的效果，並且開出產官學合作的契機，推出專案，互相奧援，善盡知識分子的責任，回饋社會。在白沙山莊，師生以「立卦山福慧雙修大師彰師大，依湖畔學思並重明德化德明。」互相勉勵。

從私立輔大退休，轉進國立彰師大，我的教授生涯經常被視爲逆向操作，於台灣教育界屬於特例；五年後，又將再次退休。個人提出一個大夢想，期望結合眾多因緣，啓動彰化學，以深耕人文彰化。爲了有系統的累積其多元資源，精心設計多種系列，我們力邀學者專家分門別類、循序漸進推出彰化學叢書，預計每年十二冊，五年六十冊。並將這套叢書獻給彰化、台灣與國際社會。

基本上，叢書的出版是產官學合作的最佳典範，也毋寧是台灣學的嶄新里程碑。感謝彰化縣文化局、全興、頂新、帝寶等文教基金會與彰化師大張惠博校長的支持。專業出版社晨星的合作，在編輯、美編上，爲叢書塑造風格，能新人耳目；彰化人杜忠誥教授，親自題寫「彰化學」三字，名家

彰化學

出手為叢書增色不少，在此一併感謝。

回想這套叢書的出版，從起心動念，因緣俱足，到逐步推出，其過程真是不可思議。

「讓我們共同完成一個大夢想吧。」我除了心存感激外，只能如是說。

【編訂序】
哀‧樂‧方程式

王宗仁

　　曹開一生共創作約一千五百首詩，數學詩則佔有278首，是他詩作的精華所在；扣除古詩體的習作及少數蕪雜的作品後，本書共計編選入250首（其中含曹開過世前自己所寫的〈數學詩‧序詩〉三首）。此外，曹開有將同一題目作成數首詩，以及不同題目內容卻相近的寫作習慣；除了題目、內容完全相同之詩作除外，其餘本書皆全部收入。

　　由於數學詩內容所探討的人生主題較為趨近，因此在分輯的編排上，本書以題目為主、內容為輔的原則來呈現，內容共分五輯：

　　第一輯：零、圓、點的奇想──以各種角度來看零、圓的意境，及兩者相互間的演化、隸屬關係；解析小數點與點的位置、詩觀。

　　第二輯：定律與或然的演繹──用詩意的文字解釋、敘述數學的定律、原理、指令、公式、方程式等專有名詞。

　　第三輯：值與知的運算檢驗──接續第二輯，在數學的加減、分解、求證、檢測等運算中，衍展、闡釋世間的眞諦。

　　第四輯：數字與電腦的幻思──發抒數字、數學、數目等相關詞語的意義；以量度器、圓規、計算機、電腦等與數學相關的用具來度量現實；運用球、鷗鳥、指揮棒、雲電等其他事物與數學相接契，因而衍生出的道理。

　　第五輯：撲朔的命題與輪迴──用數學的觀點來瞰解佛、緣、心、愛、上帝、得道、生死、輪迴、吉凶、希望、

命運、天堂地獄等命題。

　　相較於獄中詩交織的「悲・怨・火燒島」意象而言，數學詩則是呈現了悲喜交錯的「哀・樂・方程式」特點。曹開在獄中就開始琢磨數學詩，漫長悠遠的時間裡，他身處陰影之中，在沒有舞台、沒有掌聲的情形下，仍然堅持寫作的道路，此中精神令人感佩；希望本書的出版，能夠還原曹開在新詩史中應有的位置。

【導論】

曹開：挺直台灣的新詩脊梁
——曹開數學詩的哲學思考與史學批判

蕭蕭

前言

彰化籍員林東山詩人曹開（1929-1997），創作數學詩兩百七十五首，可以說是台灣新詩創作中數學詩的開創者、又兼集大成者。二十歲時被誣指觸犯叛亂條例，入牢服刑十年，美好青春歲月就在黑牢中度過，此後生活困頓，長期遭受裹脅、監控、逼迫、壓制，因而他所創作的詩篇與其牢獄影響下的生活息息相關，獄中詩、數學詩、醫事詩、科技詩是其主要內涵。以時論人，「獄中詩」應該是論述曹開的重點所在；以人論詩，「數學詩」則是曹開詩作的聚焦之處。曹開在詩壇上我行我素，走出了一條以數學及其背後的科學作為表現的載體、所呈現的豐厚的哲學小徑。「數學詩」正是曹開在台灣詩壇、甚至世界詩壇耀人耳目的瑰寶。

傳統數學詩以詩的形式，行數學教育的功能，曹開的數學詩則在詩學、數學、科學、哲學中，創造新的美學，約略而言，可以獲得這些優異的效能：幽閉恐懼症的反應與反撲，微渺小數點的自卑與自尊，悲憤壓抑下的史實與史識，人性沈淪後的扭曲與扭轉，神奇零騎士的無有與無盡，為台灣新詩的成就再添新章。

曹開：閉鎖的冤獄朝向開放的心靈

彰化籍員林東山詩人曹開（1929-1997），台灣數學詩的創

始者、創作者兼集大成者，其重要詩篇的寫作是從一九四九年末被誣指觸犯叛亂條例被捕、判刑（十年）之後開始，二十歲到三十歲（1949-1959）的美好青春歲月就在黑牢中度過，三十歲以後的生活困頓，又持續受到黑色牢獄、白色恐怖的後續影響，長期遭受裏脅、監控、逼迫、壓制，長期從事捆工、搬運工、雜工、攤販，甚不如意；後來以獄中向獄友學來的痔瘡治療術，開藥房、行密醫，終能在台南地區兩度開設綜合醫院，到高雄買賣電器，投資房地產，改善生計，但不幸於一九九七年因腦溢血而離開人世。

　　曹開，以「開」為名，諷刺的是：二十歲以後的五十年歲月，竟生活在「閉鎖」的天地中。最早將曹開詩作公諸於世的呂興昌教授（1945-），曾於一九九五年發表〈填補詩史的隙縫：論曹開五〇年代的獄中數學詩〉[1]，一九九七年以《獄中幻思錄——曹開新詩作品集》[2]為名，將其詩作擇要出版，無不強調曹開新詩的寫作場域：「獄中」。其後，文化大學黃文成的博士論文《受刑與書寫——臺灣監獄文學考察（1895-2005）》[3]，其本論二：「國民政府遷台以後（1945－1978）」項下的第七章，專章討論曹開，以「嘲諷／戲謔／幽默」三特色論其獄中詩，就「獄中人物／聲音／物體的描寫」論其內涵，最後指陳曹開「獄中詩的藝術特色」；成功大學王建國的博士論文《百年牢騷——臺灣政治監獄文學研究》[4]，則將曹開列入第七章「一九八〇年代以降監獄文學之文本研

1　呂興昌：〈填補詩史的隙縫：論曹開五〇年代的獄中數學詩〉，淡水：淡水工商學院「台灣文學研討會」，1995。

2　曹開著、呂興昌編：《獄中幻思錄——曹開新詩作品集》，彰化：彰化縣立文化中心，1997。此書後來易名為《小數點之歌——曹開數學詩集》，2005年7月由台北書林出版公司發行，是曹開目前唯一可見的詩集。

3　黃文成：《受刑與書寫——臺灣監獄文學考察（1895-2005）》，台北：中國文化大學中國文學研究所，2006。

4　王建國：《百年牢騷——臺灣政治監獄文學研究》，台南：成功大學中國文學研究所，2006。

究」中，與施明正（1935-1988）、柯旗化（1929-2002）同置於第一節「監獄詩」之創作者加以討論。降至 2007 年以曹開詩作爲主題論述的玄奘大學碩士論文《曹開新詩研究》，其〈摘要〉略謂：「一九四九至一九八七年長達三十多年的時間中，台灣因二二八事件與白色恐怖而遭劫的受難者相當多，有部分人也因而留下了文字紀錄；這些被稱爲二二八文學或者監獄文學的作品中，小說、散文較多，新詩最少，而在新詩作品中最具代表性之一的便是曹開。一九四九年曹開因被誣指涉入叛亂組織而被捕，約自一九五一年就開始在獄中創作，一直到一九九七年去世爲止，共寫作約一千五百首新詩，內容大多描述獄中生活、控訴政治的迫害，以及自己從數學中所悟出的哲理。」[5] 仍然以監獄文學、獄中詩對待曹開作品，將曹開詩作置放在眾多監獄文學中加以評比，爲台灣近六十年的時代苦難、心靈禁錮，再增證例。

但是最早接觸曹開其人其詩的宋田水（宋樹涼，1950-）則指出：「近年出版的新普林斯頓版《世界詩人與詩學百科全書》（The Encyclopedia of Poet and Poetics, Princeton University Press，1993），體例完備，收入了古今世界各種詩的傳統、風格和形式，就是沒有數學詩這個項目。其他各種冷門詩選也未見過（數學詩）。」所以，他認爲數學根本是詩的黑暗大陸，「曹開卻扛著沉重的政治犯鎖鍊，向這塊黑暗大陸探險，在詩壇上我行我素、自歌自哭，哭出了一條新路。」[6] 這條新路，是以數學及其背後的科學作爲表現的載體、所呈現的豐厚的哲學小徑。宋田水積極指證「數學詩」才是曹開在

5　王宗仁：《白色煉獄──曹開新詩研究》，新竹：玄奘大學中國語文研究所，2007。台中：晨星出版社，2007。

6　宋田水：〈曹開和他的數學詩〉，《聯合報·副刊》，1997年10月25日。此文後來收入宋田水著：《作家當總統》，台北：草根出版公司，2000，頁161-164，篇名易爲〈再談曹開和他的數學詩〉。

台灣詩壇、甚至世界詩壇耀人耳目的瑰寶。因此，如果以時論人，「獄中詩」應該是論述曹開的重點所在；若是以人論詩，「數學詩」則是曹開詩作的聚焦之處。這也就是論述曹開的首篇論文〈填補詩史的隙縫：論曹開五〇年代的獄中數學詩〉，呂興昌之所以首創「獄中數學詩」此一名詞的緣由所在，論文最後以「他那特殊的『數學』表現形式，在新詩美學的發展上，具有可敬的創造力，在新詩語言漫長的摸索、嘗試的過程中，他的努力勢必成為歷史的見證。」[7]為曹開數學詩在台灣新詩壇的地位作好定音工作。其後編輯《獄中幻思錄──曹開新詩作品集》，依題材將曹開作品分為五輯：獄中悲情（《小數點之歌──曹開數學詩集》中易名為「悲情歲月」）、數學幻思、科技玄想、即物掃描、生命透視，仍然將「獄中」、「數學」之作列為首二輯；全書五類詩作共一四二首，其中數學詩佔四十一首，數量最高。這樣的編輯原則顯示「數學詩」才是曹開獨樹一幟的響亮招牌。

曹開筆名「小數點」，既見證監牢禁錮的長期恐慌對心靈的巨大戕害，卻也見證曹開對數學詩的偏愛。

曹開一九二九年出生於員林東山山腳路「曹厝」，八卦山腳下一個閉鎖的農村。世居曹厝的曹姓人家大多為稻農、菜農或果農，農餘之暇，男人剖竹節為篾片，女人、小孩則編篾片成竹簍，形成一個小型的社區連鎖手工業，供應果菜商運銷時所需要的竹製容器。這種單純而刻苦的編織竹簍以貼補家用的生活方式，也出現在社頭鄉山腳路東側翁鬧（1908-1940？）家族聚居的「翁厝」。曹開在一九五九年出獄後，首先到員林果菜市場尋求工作的機會，應該是經由

<hr />

7　呂興昌：〈填補詩史的隙縫──論曹開五〇年代的獄中數學詩〉，呂興昌編：《獄中幻思錄──曹開新詩作品集》，彰化：彰化縣立文化中心，1997，頁229。

「果茱商」與「農民」藉著「竹簍」的供需所找到的關係；最重要的是，編織竹簍所形成的那種縱橫交錯的邏輯思維，有助於曹開後來寫作數學詩的數理推論。

一九三七至一九四三年，曹開進入山腳路東側的東山公學校就讀，並由父親曹牆在山腳路西側的家中傳授漢文，後來進入員林公學校高等科一年，一九四四年考進豐原商業專修學校（光復後改為豐原商職、豐原高商），習商三年。這三年的珠算、數學等課程，成為他學習生活的全部，因而奠下他將數學符號、因式分解、二元方程式、三角函數、幾何定理等帶入新詩的契機。如果沒有這幾年的數理訓練，曹開無法大量創作「數學詩」，甚至於無法造就他的商業研判頭腦，能在白色恐怖時期警總嚴密監控下殺出重圍，以一個政治犯的身分艱難翻身而為成功的商人。

曹開於一九四七年豐原商業專修學校初級部畢業，再入台中師範學校就讀，一九四九年末，即將畢業時因參加以李奕定為首的讀書會，被誣指為「民主自治同盟」的外圍組織，觸犯叛亂條例而被捕，[8]第二年判處十年徒刑，直到一九五九年刑滿出獄，在完全閉鎖、絕對禁錮的牢獄中，曹開何以自行研發以數學入詩並蘊含哲理的作品，宋田水認為：「曹開在火燒島開始寫作，並在深悲極怨中獨創數學詩。一來他對數學本來就有興趣；二來獄中犯人有囚號、監舍有監號、排隊有編號、集合點名時天天又要報數，在那裡，人只是一個微不足道的數目符號而已；三來用數學觀念入詩，可以避免獄中突擊檢查被抓到後栽贓新的罪名。」[9]這種卑微無尊嚴、以號碼為身分的監獄生活，這種惶恐無未來、思

8　邱國禎：〈「民主自治同盟」李奕定案〉，《民眾日報・鄉土文學》，1998年7月22日。

9　宋田水：〈再談曹開和他的數學詩〉，《作家當總統》，台北：草根出版公司，2000，頁162。

想被控管的囚犯恥辱，竟然是曹開「數學詩」寫作的後天基因，令人浩歎。

出獄後一年，曹開與羅喜女士結婚，希望過正常人的正常生活，但政治犯的牢獄災難，讓他求職受到排擠，先是果菜市場工人，再自行經營果菜市場販售生意，後來應用在獄期間所習得的醫技，開設藥房、皮膚痔瘡專科診所、醫院，從而轉行房地產買賣、五金電器用品批售。為逃避情治人員的監管，謀生地點轉徙於員林、台北、潮州、新營、善化，並曾短暫移民阿根廷，終究是眷戀台灣土地，回到南台灣高雄蓮池潭邊落腳。十年黑牢，曹開對人、對詩、對文字毫無信任之心，牢中所寫詩作曾全數銷毀，出獄後絕不參加任何社團，與藝文界人士絕不往來，形成一個閉鎖的自我世界。白天的現實社會，談數字不談人性；晚上的想像天地，則潛入數字中批判社會、調侃生命，而外界對他則一無所知。

直至一九八七年以五十九歲高齡參加「鹽分地帶文藝營」，以〈小數點〉、〈天平〉獲新詩創作第一名，作品刊登於當年十一月二十七日《自立晚報·副刊》，詩名始開，其後《笠詩刊》一四一期、《文學台灣》十八期、《心臟詩刊》二十期，均曾大篇幅刊登其詩。一九九六年七月十日《中國時報·寶島版》記者張平宜的一篇報導〈心中有數，人生有詩——曹開獨創數學詩把人生「因式分解」〉，則是真正將曹開推向開放的台灣舞台的重要因緣。在這篇報導中，曹開對數學詩下了這樣的定義：「數學詩並不是將一連串的數學符號組合起來，而是把人當成數目，將人生『因式分解』後，再用文字表達出來。」對於自己何以創作數學詩，也有這樣的表白：「如果人類的生存從太陽的光得到最純粹的快樂，則心靈可以從數學得到最清澈的照亮，因此自從心裡有『數』後，

他決定用數學詩來獨創自己人生方程式的新軌道。」[10]

　　曹開的數學詩盈溢著數學、哲學、詩學、史學，從閉鎖的十年冤獄中走向開放的世界，在有限的空間裡領悟出心靈無限的智慧，值得台灣新詩欣賞者、研究者加以關注。

傳統數學詩的教育功能

　　傳統古典詩中其實也有「數學詩」的作品，最早的數學詩是為了便於兒童學習算術的記誦口訣，如南宋數學家楊輝（字謙光，13世紀），在他所著的《日用算法》〈自序〉中提到：「編詩括十三首。」大約是華文世界最早用詩歌形式編製數學題的數學家，如：

> 一求隔位六二五，二求退位一二五；
>
> 三求一八七五記，四求改曰二十五；
>
> 五求三一二五是，六求兩價三七五；
>
> 七求四三七五置，八求轉身變作五。[11]

　　這裡的「求」是指「化兩為斤」，「一求隔位六二五」是指「一兩」等於小數點之後「隔一位」，所以是 0.0625 斤（十六兩一斤，$1 \div 16 = 0.0625$）；「二求退位一二五」是指「二兩」是 0.125 斤，背熟這些口訣，很快就可以知道「七兩」是 0.4375 斤，「八兩」當然是半斤（0.5 斤）。詩中韻腳永遠是「五」，了無變化，只為了方便熟記而已，至於三、五、

10　張平宜：〈心中有數，人生有詩──曹開獨創數學詩把人生「因式分解」〉，《中國時報‧寶島版》，1996年7月10日。這樣的說詞脫胎於曹開：〈小數點的詩觀〉，《給小數點台灣──曹開數學詩》，台中：晨星出版社，2007。此詩集由王宗仁全新編次、定輯，收入曹開所有數學詩作。

11　楊輝：《日用算法》，1262年。轉引自徐品方：《數學詩題解》，台北：明文書局，1997，頁47-48。

七句末的「記、是、置」，有了變化，卻乏深意。整首詩徒具詩之外形，全無詩之意象、意涵、意旨，是爲學子方便記誦的數學口訣，與「詩」無涉。

明朝程大位（字汝思，1533-1606），被日本人供奉爲「算神」，每年八月八日「算盤節」都要抬著大算盤和程大位的畫像遊行，以表崇敬。一五九二年，六十歲的程大位完成中國第一部最完善、最具系統的應用數學書——《算法統宗》，一樣是以詩歌的形式寫出將近六百個數學題，足以激發學子思辨、演算的興趣。到了清朝梅　城（字玉汝，1681-1763）加以增補刪削，完成《增刪算法統宗》，[12]大約蒐羅了各種形式的數學思考與演算題目，可以視爲數學習題的大整合，後世之數學詩題目無不以此爲規範。

> 有一公公不記年，手持竹杖在門前；
> 一兩八銖泥彈子，每歲盤中放一丸，
> 日久歲深經雨濕，總數化作一泥團，
> 稱重八斤零八兩，加減方知得幾年。[13]
> ——程大位原著，梅　城《增刪算法統宗》

在這首詩中，設計了老公公放泥丸的情境，使數學的演算不至於索然枯燥，藉由詩情境的營造，數學與詩有了初步的結合，不再是單純的記誦口訣而已。然而，這樣的算法統宗仍然是詩爲數學服務，詩是工具，數學才是目的，如果將這樣的詩改爲「散文敘述」，不妨礙數理邏輯的推論。因此，這種數學詩只有「教育功能」，依然缺乏溫潤的「詩教養」。

12　徐品方：《數學詩題解》，台北：明文書局，1997，頁20-21、16-17。
13　同前注，徐品方：《數學詩題解》，頁37。

　　至於西洋「數學詩」所展現的依然是兒童詩教學的「教育功能」，以兒童文學家林良所翻譯的貝琦・佛朗哥（Betsy Franco）的《數學詩》[14]來看，他所強調的是「文字＋數學＋季節＋趣味＝大家的數學詩」，企圖以兒童所能認知的世界，藉由大自然與季節的廣大時空場景，透過趣味性的設計，讓孩童一方面不害怕數學的抽象思考，一方面卻又能激發他們對自然的敏銳觀察與活潑詩心，逐漸讓數學與詩有著相契相合的契機。

<blockquote>

　　蘋果
　＋蟲子
　────────
　許多甜甜的隧道 [15]

</blockquote>

　　這首詩將蟲子蛀蝕蘋果的坑洞，說成是甜甜的隧道，啓發孩童的想像力，十分有趣。一個簡單的加法式子，將大自然的複雜現象，類似列表的方式清楚顯現在眼前，不必多費贅詞，頗為符合寫詩用字應該精簡的原則。

<blockquote>

　　　　　落葉
　　　────────
　風）　秋天
　　　－顏色
　　　────────
　　　　　冬天

</blockquote>

14　林良譯，貝琦・佛朗哥（Betsy Franco）著，史蒂文・沙萊諾（Steven Salerno）繪：《數學詩》（mathematickles），台北：三之三出版社，2007（三刷）。根據書中的簡介「貝琦・佛朗哥（Betsy Franco）是一位喜愛數學的詩人，以二十年以上的時間，寫了許多圖畫書、詩歌和論著，啓發兒童認識數學的美妙、深刻和趣味。作品包括《數毛蟲和其他的詩》、《爺爺的棉被》、《聽到我了嗎？》、《青少年的詩歌和散文作品》、《我必須告訴你的事情：少女的詩歌和散文作品》。她還發明了三種數學玩具。」

15　同前注，以下五首詩具見於林良譯，貝琦・佛朗哥（Betsy Franco）著：《數學詩》，台北：三之三出版社，2007，未定題目，未標頁碼。

這首詩應用先乘除、後加減的方式，描述秋天除以風（指風吹過後）飄下落葉，落葉又逐漸褪減顏色，那也就是冬天來臨之時。落葉慢慢褪色，所以貝琦‧佛朗哥以減法表現由濃轉淡的過程，這時的節奏是緩慢的；落葉因風而落，貝琦‧佛朗哥以除法表現「秋風」吹過後的情境，尤其是除式的符號徵象，極似最後的一片落葉還危危顫顫掛在樹枝末端的樣子，頗有秋意淒涼的感覺；「冬天」二字壓在整個算式之下，也有陰冷的冬天等待冒出的冷肅美。這首詩以直列式排列才能顯示圖像效果，達成詩的視覺之美，如果改用橫列式：

（秋天 ÷ 風）－ 顏色 ＝ 冬天

不僅詩意不存，美感也隨之消失。足見數學式增加了詩的形式美。

$$\frac{1}{2}W = V = 飛行的雁群$$

貝琦‧佛朗哥此詩，頗有雁群飛行天空的圖像效果，最前面的「W」與「V」的變化，依然是文字的圖像遊戲，足以引起孩童學習的興趣，其他如「M」與「W」的反向，「O」與「Q」、「B」與「P」、「V」與「Y」的些微變化，都可以是很好的想像憑藉，這首詩在想像的教學上發揮了圖像啟發的功能。

蒲公英 × 風 ＝ 白色的願望

「除」以風，是指風吹過後的情境，「乘」以風，顯然是風在作用之時；而「乘」的效果顯然又比「加」大多了。蒲公英被風一吹，四處飄散，四處傳播種子，貝琦‧佛朗哥

說這是白色的願望，飄到哪裡，哪裡就可能有一株新的蒲公英，新的願望的實現，在這首詩中，蒲公英隨風飄散彷彿充滿了愉悅的心情，以「文字」代替「數字」的簡單算式，竟然可以傳布這麼美好的訊息！此詩以橫列式表示，可以感受到蒲公英具有白色冠毛的瘦果，就像棉花般隨風吹送，漫天飛舞的喜樂。

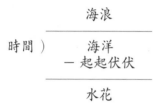

$$時間\,)\,\overline{\begin{array}{c} 海浪 \\ \hline 海洋 \\ -\ 起起伏伏 \\ \hline 水花 \end{array}}$$

　　數學是科學之母，應用數學寫詩、教詩，雖然不可缺少想像，但也不能違反科學。貝琦·佛朗哥這首童詩顯然在教導孩子：海浪、潮汐是隨著時間的不同而變化，這首詩的算式過程與第二首完全相同，卻顯示了不同的自然景象，「海浪」

　　在上，「水花」在下，也與自然實況吻合，「浪花」比起「水花」多了一些起起伏伏，正是自然實景。「數學式」不變，代入不同的因子，卻會產生不同的驚喜，數學與詩的衝激，就在這裡產生特有的情趣。

　　回溯傳統文言數學詩的教育方法，其實只有單純「提舉」題目的作用，並未有進一步「提示」思辨的功能。以美國貝琦·佛朗哥為例的西方數學詩，則有極大的想像啟迪之功，數學與詩可以完美結合，或許這正是我們所期待的數學詩。

現代數學詩的四種可能

至乎白話書寫的台灣新詩時代，曹開創作數學詩之前，台灣詩壇曾出現四首數學詩，開啓了數學詩發展的四種可能，值得與曹開數學詩一併研究。

台灣新詩壇所創作的四首數學詩，依其出現先後，分別是王白淵（1902-1965）的〈零〉、紀弦（路逾，1913-）的〈7與6〉、林亨泰（1924-）的〈第20圖〉、錦連（陳金連，1928-）的〈三角〉，有趣的是，除紀弦之外，其他三位都是彰化縣籍的詩人，雖無法藉此證明彰化詩人對「數字」、「數學」的敏銳感應，但卻足以說明彰化詩人對新詩創作的用心，在題材開拓上增加寬度，在思想探索上潛進深度。

一、以數字承載哲理的可能

先看彰化縣籍詩人王白淵的〈零〉：

曲線玲瓏無穴可擊

一身圓滿的你

原子之小不及你

萬乘以萬不成你

雖然如此你孕育無限的數字

是神還是魔法？

是佛還是惡魔？

無而非無

量而無量

數而非數——你的實體

無大之大

無深之深的深淵啊！

老子放踵追逐你

釋尊入山想見你

愛人同志苦追你

啊！不可知的驚異

——永遠的謎

繼續笑煞人類的無知

永遠地[16]

　　王白淵，一九○二年彰化二水出生，當時的地籍是台中廳東螺東堡大坵園庄有水坑，今屬二水鄉惠民村山腳路西側，一九六五年歿於台北，享年六十四歲。是台灣早期具有代表性的作家、詩人、文化人，專長是新詩創作與文化藝術評論。戰前的台北師範學校（1917-1921）、東京美術學校(1923-1926)畢業，曾任教於溪湖、二水公學校（1921-1923）、日本岩手縣盛岡女子師範學校(1927-1932)、中國的上海美術專科學校（1935-1936）及台北的大同工學院（1959-1961）。重要代表作有《棘の道》(《荊棘的道路》，詩集)、《台灣美術運動史》和其他關於台灣文化藝術的評論多篇。[17]

　　王白淵的《棘の道》完成於一九二五至一九三○年，當他二十四至二十九歲之時，初版地點在東京，其時曹開（1929-1997）剛剛出世。王白淵思想先進，見識超拔，深受當時民主獨立思潮影響，思想傾向左翼，所以，二次大戰前後台灣的主要文化組織、文化活動，他都積極參與，因而

16 王白淵：〈零〉，陳才崑編譯：《王白淵・荊棘的道路》，彰化：彰化縣立文化中心，1995，頁10-11。

17 陳才崑：〈王白淵簡介〉，〈王白淵生平・著作簡表〉，陳才崑編譯：《王白淵・荊棘的道路》，彰化：彰化縣立文化中心，1995，書前頁及頁418-439。

既不見容於日本殖民政府，也不爲國民黨所喜，曾先後被日本殖民政府、國民黨執政當局繫捕入獄，坐牢四次，累計時間長達十年；曹開則在國民黨白色恐怖的思想箝制之下，只因學生時代參加讀書會，尚未畢業的他一無社會活動記錄，一次冤獄，坐滿十年，心中積怨之深不難想像。王白淵寫〈零〉之時，未經牢獄之災，卻有哲理的體悟；曹開大量創作數學詩時，人在囹圄之內，悲憤之氣，愁結之鬱，不能不盤旋在語句之間，最後雖然也有歸零的體悟，終究是被有形的圍牆、無形的仇怨拘囚、奴役已久，難以完全消解。

王白淵的〈零〉，從外型開始讚嘆（曲線玲瓏，無懈可擊——陳才崑的譯文是「無穴可擊」，不知是否另有深意），接著進入「無而非無」、「是神是魔」的哲理思考，一方面以佛老思想的空無境界相比擬，一方面卻以同志的情慾相戲謔，遊走在有與無、聖與凡之間，進入無限大的思考世界，首開「數學哲理詩」創作的先鋒，爲八卦山蘊藏的新詩能量，提供新的論據。[18]

根據查爾斯·席夫（Charles Seife）所著的《零的故事》（Zero: The Biography of a Dangerous Idea），「任何數字乘上零，還是得到零；任何數字乘上無限，還是得到無限。任何數字除以零，得到無限；任何數字除以無限，得到零。任何數字加上零，仍舊等於它自己；任何數字加上無限，還是等於無限。」結論是：「零與無限是一體兩面——相同與相反，陰與陽——是數字領域的兩個極端，勢均力敵的對手。零的棘手性質必須倚賴無限的奇妙能力，而研究零可以幫助我們瞭解無限。」[19]似乎在爲王白淵的「無而非無」、「量而無量」、「數而非數」、「無大之大」、「無深之深」的「零」的體認，

18 蕭蕭：《土地哲學與彰化詩學》，台中：晨星出版公司，2007，頁115。
19 查爾斯·席夫（Charles Seife）著，吳蔓玲譯：《零的故事》（Zero: The Biography of a Dangerous Idea），台北：商周出版公司，2007（二版），頁146。

提供數學上的認證。王白淵這首〈零〉,為台灣數學詩中的數字找到哲理探索的途徑,觸探數字承載哲理的無限可能。

二、以數字轉化意象的可能

其次,欣賞大陸來台詩人紀弦〈7與6〉的幽默、詼諧與機智:

拿著手杖7
咬著煙斗6

數字7是具備了手杖的形態的。
數字6是具備了煙斗的形態的。
於是我來了。

手杖7＋煙斗6＝13之我

一個詩人。一個天才。
一個天才中之天才。
一個最最不幸的數字!
唔,一個悲劇。
悲劇悲劇我來了。
於是你們鼓掌,你們喝采。[20]

紀弦,是詩壇真正的長青巨樹,不老頑童。祖籍陝

---

20 紀弦:〈7與6〉,《飲者詩鈔》,台北:現代詩社,1963,頁5-6。或《紀弦詩拔萃》,台北:九歌出版社,2002,頁33。

西，生于中國河北省清苑縣，原名路逾，曾用筆名路易士。一九二九年春，十六歲的他即開始發表詩作，一九四八年來台，在台北市成功中學任教二十五年，直到一九七四年退休。一九七六年移居美國，創作不輟。紀弦曾將自己的「新詩再革命」劃分為三個階段：

第一個階段是轟轟烈烈如火如荼的「自由詩運動」：革命的對象則係傳統的格律主義，低級的音樂主義，韻文至上主義以及「韻文即詩」之詩觀。這乃是以打倒形式主義為目的的詩形之革命，以散文取代韻文的文字工具之革新。

第二階段是指有名的「現代主義論戰」的現代詩運動：他認為現代詩是徹底反傳統的，其野心在於一曠古所未之有的全新的文學之創造；現代詩在本質上是一種「構想」的詩，一種「主知」的詩。對於浪漫派的作品他採取鄙薄、蔑視的態度，認為：現代詩是成人的詩，傳統詩——特別是浪漫派的作品——是小兒的詩。

第三階段就是「現代詩的古典化」：紀弦認為自由詩的現代化是「現代主義化」，現代詩的古典化卻不是現代詩「古典主義化」，而是今日所寫的現代詩應該成為古典，詩人應該有這種追求不朽的抱負。[21]

〈7與6〉這首詩寫作於一九四三年，屬於他第一個階段「自由詩運動」時期的作品，這一年紀弦三十歲，英姿風發，意態瀟灑，從阿拉伯數字7與6的造型，聯想到自己生活中右手的柺杖、左手的煙斗（這是生活優裕、意態悠閒的徵象，主持「現代派」時期的紀弦，還一直以這樣的姿態出現在詩壇），紀弦以此作為意指與形象的連結，十分妥切；而7與6相加的和是13，又讓詩人想到不吉利的西洋傳說，因

---

21 紀弦：〈從自由詩的現代化到現代詩的古典化〉，《紀弦論現代詩》，台中：藍燈出版社，1970，頁28-32。

而這首詩也就透露出紀弦青年時期的浪漫主義傾向，那就是不服輸的英雄個性（我是天才中的天才，你們鼓掌、喝采），不信邪的英雄姿態（即使是最不幸的數字、即使是悲劇，我依舊出現在這個舞台）。以這樣一首以數字聯想而成的瀟灑的詩，與曹開數學詩的積怨愁結相比，不啻天地懸隔、雲泥兩判。但是就數字轉化為意象的開展，〈7 與 6〉這首詩預示了極大的可能。

三、以數學符號代替文字的可能

　　台灣「符號詩」最早的創作者林亨泰，自述曾在一九四○年代參與「銀鈴會」的文學活動時，滿懷著社會改革的熱情，創作了反映現實的一些「社會詩」、「心理詩」之外，也寫了一些「鄉土詩」，這些作品都收集在日文的《靈魂の產聲》、中文的《長的咽喉》中，這是現實主義期的林亨泰。但當他面對紀弦的《現代詩》季刊時，他自思自己又能扮演怎麼樣的一種角色？所以他從神原泰的著作《未來派研究》（1925）與萩原恭次郎的詩作中，啟發自己，終於從「提倡快速美，並從永久運動的視點出發，認為時‧空的同時存在的一元表現是可能的，也極力讚美著機械的力動美與噪音」的未來派裡，找到他特別感到興趣的「自由語」的創造與應用：「諸如不同字體（約二十種）、大小不同的字號、不同顏色（用了三、四種之多）、擬聲詞（噪音等的模仿）、數學記號（×＋÷－＝＞＜等）、數字感覺、樂譜、歪斜顛倒字形、自由順序等，簡單地說就是印刷技巧的運用。」[22]創造了他的符號詩（圖象詩），這是現代主義影響下的林亨泰。

　　現代主義影響下的林亨泰努力創作「符號詩」，數學記號

---

22 林亨泰：〈現代派運動與我〉，《林亨泰全集五‧文學論述卷二》，彰化：彰化縣立文化中心，1998，頁145-146。

（×＋÷－＝＞＜）、數字感覺，當然也是他隨手取用的素材。

以他的〈第20圖〉來看，標點符號、數學的加號、減號很自然地出現在詩中，為這首詩擴展了詩意。

> 機械類的時代
> 充滿著
> 易於動怒的電器
> ＋＋＋＋＋＋
> ——————
> 笨重的世界文化史
> 在第20圖上的原料
> 已有美麗的配合了
> 在「」之內
> 電燈
> 是夜之書上的，
>
> 　　　　　。，
>
> 　　　　　，
>
> 　　　　　。[23]

就符號詩而言，最後的「，。，。」模擬了霓虹燈的一閃一爍、一閃一爍，十分傳神。至於「＋」「－」，可以視為「正極」「負極」的交錯，因為整首詩的關鍵詞是機械、電器、電燈，「＋」「－」顯示電之正負極的說法極為貼切；但如果以

23　林亨泰：〈第20圖〉，《林亨泰全集二‧文學創作卷2》，彰化：彰化縣文化中心，1998，頁105。原載於1956年4月30日《現代詩》第十四期。

他在〈現代派運動與我〉文中所提到的數學記號（×＋÷－＝＞＜）加以解說，「電器」的幾回增減必然對「世界文化史」造成衝激，可以更深刻地思考二十世紀電器文明的過度發達，對人類文化到底起了加分或減分的作用，如此也可以呼應最後的「，。。。」，文化發展的「閃閃爍爍」。

曹開與林亨泰生年相近（1927與1924），同樣受到白色恐怖的荼毒（「民主自治同盟」李奕定案與四六事件），但曹開有十年的牢獄之災，林亨泰則僥倖避開了繫捕的厄運，因此，曹開以數學程式紀錄暴行、控訴不義，林亨泰則有餘暇在數學記號中找尋詩趣，不同的人間遭遇，卻為台灣新詩的發展、數學詩與符號詩的興起，發揮了相似的激引之力。

文字有一定的限指，符號卻更具想像的空間。「＋」「－」，可以視為「正極」「負極」，卻也不妨當作可「加」可「減」的記號。「，。。。」可以解讀為「閃爍閃爍」，當然也能說成「頓停頓停」，都為詩的想像與意涵，擴大了更多的可能。數學符號足以代替文字，在林亨泰與曹開的努力下，顯然開啟了後來者視野的寬度。

四、以數學圖形暗喻人生的可能

林亨泰的符號詩創作，與當時詩壇好友錦連、白萩（何錦榮，1937- ）相互激發，他們三人都有類近二十一世紀青少年的「火星文」詩作出現，錦連的〈火車旅行〉[24]以及數量極多的「電影詩」[25]可以作為這種「視覺優先」的詩篇代表作。這種「視覺優先」的詩篇應用在數學詩上，當然是幾何圖形

---

24 錦連：〈火車旅行〉，《守夜的壁虎》，高雄：春暉出版社，2002，頁324-325。

25 如〈女的紀錄片〉、〈主人不在家〉、〈劇本〉、〈紀錄〉、〈眼淚的秩序〉等詩都屬於「電影詩」，以上各詩具見於錦連：《守夜的壁虎》，高雄：春暉出版社，2002。又如〈劇本（散文詩）〉、〈短劇〉、〈台灣Discovery〉、〈元極舞〉、〈海與山〉等詩亦屬「電影詩」，錦連：《海的起源》，高雄：春暉出版社，2003。

如何與人生興起相關的聯想與暗喻，以錦連的〈三角〉一詩
來探討這種可能：

> 一切的靈感
> 總會歸納為三角的定理
>
> 上坡
> 頂點
> 下坡
>
> 清醒
> 酩酊
> 而現實[26]

　　錦連從十六歲開始到五十五歲退休（1943-1981），都在
彰化火車站電報房服務（彰化驛電信室），就生活層面而言，
他「從平靜的和平時期，到二次大戰的不安和恐懼的日子，
目睹和體驗過歷史激變中的世事百態、悲歡人生，耗盡了憂
傷和困惑的青春。」他的生之體驗與詩之體驗可以相互結合：
「踞於庶民現實世界的一個角落，發出滿載著無奈的呼喊和
愛恨交集的訊息，使距離幾十公里幾百公里外的受信器鳴
響。」[27]這是不安年代裡的一個安定角落，他所發出的「無奈
的呼喊和愛恨交集的訊息」就是他的詩篇，幾十公里幾百公
里外的「受信器」鳴響，就是讀者的共鳴。所以，從日制時
代、銀鈴會、國民黨執政到笠詩社，錦連一直平凡而單調地

26　錦連：〈三角〉，《守夜的壁虎》，頁257。
27　錦連：〈自序〉，《守夜的壁虎》，頁2。

守住電報房，平靜而冷靜地觀察、思考電報房外廣大的台灣與複雜的人生，這樣的一位靜觀詩人，他將生命海洋裡的洶湧澎湃，歸納爲簡約的三角「△」定理：「上坡、頂點、下坡」，隱喻著「清醒、酩酊、現實」，人生唯有清醒時才知道奮力向上，處在某一階段的巔峰期則會享受短暫的微醺感，終究又要回到現實的境地，這種「生之體驗」，錦連依舊以「詩之體驗」的「一切的靈感」來呼應。

錦連的「△」定理，不一定侷限於數學圖形的觸發，但上坡、頂點、下坡，又要回到原點的無止盡的循環，才是他真正的體悟，三角的圖形於焉完成；曹開稍晚錦連一年出生，他的數學詩包含了幾何裡的三角圖形，也觸及到代數中的三角函數，面度加寬，而深度轉沉。錦連一生平穩度日，以數學圖形隱喻人生是他眾多視覺意象中的一幅；曹開十年的黑牢冤獄，卻不能不集中心力經營數學的外在算式與內在喻意的抉微探深，且力圖推開積壓在身上的重重黑幕，心力交瘁之餘而猶奮力以進，曹開的數學詩因此在這四項可能之外，再創新的優異效能。

曹開數學詩的優異效能

一、幽閉恐懼症的反應與反撲

牢獄，一個狹窄的禁錮空間，嚴重失去移動自由的密閉室，被拘囚十年後，真會使人患上「幽閉恐懼症」（claustrophobia），曹開的數學詩中，往往表現出這種侷限在有限空間裡的畏縮、恐慌和無助，被戕害的心靈的創痛，歷歷在目，令人不忍。

彰化學

　　表現這種侷限空間的詩作往往以數學符號：括弧、（）、〔〕，作為最主要的象徵符碼。如以〈囚牢〉[28]為題的詩作，以「略喻法」結合了「囚牢」與「括弧」，緊密無誤，卻也緊密無解：

　　宇宙裡　最狹窄的
　　人工小黑洞
　　世界函數裡
　　清算查封的小〔括弧〕

　　黑洞一旦吸入
　　吐出無望
　　〔括弧〕一旦套進
　　除非因式分解——

　　曹開以「人工小黑洞」形容囚牢，一旦被吸入，吐出無望，就像括弧內的數字無法從中解脫而出，除非——「因式分解」，這「因式分解」四字是曹開借數學以解脫囚牢之黑與惡的唯一寄託。是誰造出「人工小黑洞」？在《曹開數學詩集》的第五輯「撲朔的命題與輪迴」中，曹開很明白地控訴黨、主義、國家是人工小黑洞的製造者，國家是「政治括弧的領域／有著函數的圍牆／迷漫鐵蛇網的幾何軌跡／軍隊好比行列式的方陣展開」，國家是「朦朧的偽自由理想環／是統轄各種數簇的王國／矛盾方程式／演算著數不清的正交代數群」[29]在他的定義裡，國家是人世間最矛盾的大黑洞，人在

28　曹開：〈囚牢〉，曹開著、王宗仁編訂《給小數點台灣——曹開數學詩》，台中：晨星出版公司，2007，頁237。
29　曹開：〈國家〉，《給小數點台灣——曹開數學詩》，頁236。

其中，被恣意整合分解。即使在以〈括弧〉為題的詩中，「括弧」二字以「國家」取代，其實才是他真正的意圖：「括弧（國家）以清算結帳的名義／把討厭的異數囚禁起來／讓週緣數不清的小數目恐慌／任由他擺佈抹殺」，[30]所謂「異數」，指的就是政治思想上的異議份子，在曹開詩中一再出現，國家如果一味追求思想上的「統一」，結果擺佈抹殺所有的小數字，使得括弧（國家）裡外彼此都趨向「近似值」，這正是曹開所最擔心的，曹開深知：數之所以為數，就因為它有各種不同的表達方式，它有極細微的、極精確的、小數點以下好幾十位的區隔，即使是等號可以成立的兩邊，不也各自表述？

曹開〈括弧的世界〉詩中，是以由小而大的不同括弧，一層一層裹住，最裡面是最渺小、最無助的我，形成一個層層拘圍的囹圄世界：

> 它 ｛他〔你（我）妳〕她｝牠[31]

特別要注意的是，最外圍，左側這一方是指稱事物的「它」，無情無義，麻木不仁；右側另一方是指稱禽獸的「牠」，無血無淚，凶狠殘忍。他們卻都在括弧之外，作消遙遊！這是對造成冤獄的血腥統治者強烈的控訴。渺小而無助的人民被層層裹脅，如何去除所有的括弧，突破拘圍，重得自由？

曹開的數學詩時時顯露他的不安，「你繪的和他劃的／是等距的平行線／難得有碰面的一天」（〈任意三角形〉），「數不清的未知數／正在一條未知的不定方程式兩岸徬徨／環繞著

30　曹開：〈括弧〉，《給小數點台灣——曹開數學詩》，頁89。
31　曹開：〈括弧的世界〉，《給小數點台灣——曹開數學詩》，頁89。

未知的高階繁分式／反映出未知的變數疑難」（〈未知數〉），明示的是數學，實指的是人生。在他的數學天地中，「劫數」、「無解」一再出現，是天不應、地不靈的無助與無告，一生都在幽閉恐懼的後遺症陰影下生存。

不過，如果任由自己在現實的硬繭中自我綑縛，無法從中解脫，其實也不能成就文學，所以在曹開爲數眾多的、幽閉恐懼症聲嘶力竭的作品中，仍然會有反思、反撲的幽光出現：

> 數對括弧說：
> 「你是我的」
> 括弧便把數禁在鐵匣裡
>
> 點對面積說：
> 「我歸你的」
> 面積便賜給點
> 在軌跡上的自由[32]

王宗仁指出：數學的基本運算，要遵循「括指除乘加減」的定律，先括號、指數（寫成次方的數值）、再除乘、後加減，由左而右順序運算。但在此詩中，「『數』以強制的命令想掌握『括弧』，卻不知運算的自然（原則）定律，反而被括弧囚禁在鐵匣中。『點』敞開心胸，將自己皈依給面積（自然，原則），卻反而擁有整個世界。」[33] 曹開放棄「歸屬」的爭辯，將自己從「括弧」、「面積」中解脫出來，雖然有一點阿Q似的自我解嘲，卻未嘗不是無依無靠、無助無告時的精神脫困法。

---

32 曹開：〈分析數學〉，《給小數點台灣——曹開數學詩》，頁88。
33 王宗仁：《白色煉獄——曹開新詩研究》，台中：晨星出版社，2007。

二、微渺小數點的自卑與自尊

曹開以「小數點」作爲筆名，微渺的小數顯然成爲他自己存在的明證。在〈小數點〉這首詩中，曹開一方面謙稱自己的渺小（囉嗦的尾巴，數字間的小螞蟻），另一方面卻也相當自豪「小數點」是不可忽略的存在（頻頻拉近數目的差距，永遠豎立在科學的頂尖）。[34] 這首〈小數點〉足以成爲曹開的述志之作，是他既自卑又自尊的人格展現。

誠如宋田水所言：「數學原是曹開的眼睛，用來觀察政治、社會、人生和宇宙。以他著名的小數點觀念來說，台灣和地球相比，只是一個小數點，地球和整個銀河系相比，也只是個小數點，但這個微不足道的小數點自有他的尊嚴，不但不必妄自菲薄，反而能憑著自己的特點與志氣，立足在天地間，進而以小搏大。」[35] 這種小而自信的「小數點」人生觀，讓他在出獄後的歲月裡，以小數點譬喻台灣，歌頌台灣，不也就是將小數點的自己等同於一個國家！

> 台灣，你在煩雜的世界裡
>
> 變幻莫測的函數中
>
> 經過漫長無情的演算
>
> 你仍是個獨屹的小數點
>
> 小數點，台灣，你像一顆金星
>
> 高配著無窮大的天體
>
> 面對無數的劫數與異數
>
> 孕育不朽的光芒[36]

34 曹開：〈小數點〉，《給小數點台灣——曹開數學詩》，頁77。

35 宋田水：〈寫詩如幹地下工作——悼曹開〉，《作家當總統》，頁167。

36 曹開：〈給小數點台灣〉，《給小數點台灣——曹開數學詩》。

因此，十年黑牢無法壓制他，越是被欺壓，越要活得堅毅，他說：「活在不可理喻的天地間，不猖不狂，怎能立足？」[37]他認為「點點點」的連結軌跡，可以寫一個大大的圓。[38]甚至於只是一個「轉振點」、一個「立足點」，就可能扭轉乾坤，就是無限的力量，就可以爆出移山倒海的火山。[39]這樣的小數點即使被消滅，他仍認為：「前無始／後無終／點的消逝　是線的形成／死亡方程式的軌跡／猶在座標裡／不滅的延伸——」[40]這種「點」的永恆存在的事實，是曹開獨立自尊，永不傾折的信心原點。

這樣的小數點，在曹開的心裡有時又等同於「太陽」，〈小數點的詩觀〉首段就說：「人類的生存從太陽的光／得到最純粹的快樂／而心靈從數學／得到清澈的照亮」[41]小數點、數學、太陽，並列這三個詞彙，可以見識曹開微渺的自卑裡潛藏著宏偉而堅毅的自尊。

三、悲憤壓抑下的史實與史識

曹開所處的時代是思想不自由、言論被箝制的極權高壓統治時期，在他入獄期間與外界完全隔絕，根本無所謂人權、尊嚴，出獄之後警備總部繼續追蹤、監視，身體、心靈兩受其害，社會遭遇非常人所能忍受，在〈歷史的見證〉中他控訴：「苦難的每一慘痛／顫抖在桎梏祕密的深處／每一種侮蔑／聚集在偉大的幕後／／那些走上驕橫錦繡之路的人／用他們血汗的鐵蹄／蹂躪著大地的嫩綠／覆蓋著卑賤的生命在他們的腳底／／但　難道明天又是他們的／提醒他們別太

37　宋田水：〈一成名　就成鬼〉，《台灣日報・台灣副刊》，1998年11月27日。另見《作家當總統》，頁171。

38　曹開：〈點點點〉，《給小數點台灣——曹開數學詩》，頁78。

39　曹開：〈有一個點〉，《給小數點台灣——曹開數學詩》，頁79。

40　曹開：〈小數點的墓誌銘〉，《給小數點台灣——曹開數學詩》，頁83。

41　曹開：〈小數點的詩觀〉，《給小數點台灣——曹開數學詩》，頁80。

得意高興／大眾是恆遠跟忍受重壓的卑微者在一起／只是在黑暗中隱藏了臉　抑制了他們的悲憤／／啊　太陽將會從流血的心頭上升起／在清晨的花朵中開放／那些狂熱傲慢火炬／終於會在苦難的國土上熄滅化爲灰燼」[42]詩的最後，他預期這些殘暴的蹂躪者，終將化爲灰燼。這樣的獄中詩既見證當時被污衊、被桎梏的慘痛，也見證了歷史上傲慢的火炬終將化爲灰燼的事實。

　　如果就數學詩而言，不直接以文字直接衝撞，化用數學原理、數學符號、函數、繁分數等等，曹開仍然將他壓抑下的悲憤，將他對史實、史事的批判，訴之以詩。

　　就整個台灣的肅殺環境，他以一首〈馬爾可夫鏈〉演示閉絕、窒息的氣息：

> 桎梏著的國度
>
> 宛如特殊自鎖閉包空間
>
> 恐怖的牢獄
>
> 恰似清算的函數裡括弧
>
> 閉絕枷鎖，密佈迷漫
>
> 像數學上的馬爾可夫鏈
>
> 錮禁著自由理想環[43]

　　戒嚴體制下的台灣，自由理想完全被鎖鍊所禁錮，如果有所謂「自由理想環」，曹開詩中判定這是「僞」自由理想環，極力呼籲斬斷「僞」自由理想環，以免魚目混珠，斲傷眞正自由理想的追求。

42　曹開：〈歷史的見證〉，曹開著，王宗仁編訂《悲・怨・火燒島——白色恐怖受難者曹開獄中詩集》，台北：行政院文建會，2007，頁216。

43　曹開：〈馬爾可夫鏈〉，《給小數點台灣——曹開數學詩》，頁113。

對於專制獨裁者，曹開一樣以〈獨裁的數學公式〉加以挪揄，他列出這個式子：

$$\frac{1}{P-1}$$

在這個式子裡，P 代表人民，「當 P 值趨向無窮大／它的價碼接近零／要是 P 值趨向極小／它乃形成負面的數目」，[44]這是一個千真萬確的數學推論，當人民是一億時，一億分之一是趨近於零的存在，而當獨裁者所凌虐的人民不存在時，獨裁者的存在也就了無意義。然而，獨裁者不一定有這樣的自覺，曹開以數學之智者的姿態，冷面嘲笑。

甚至於面對兩岸問題，曹開也試圖以數學方程式加以破解，他認為兩岸就是閱牆的傲岸兄弟，有如一條矛盾不定方程式，必須經過因式分解，求得公因母，公式才能發揮功能，才能「把潛伏的劫數，化座太平洋中和諧的比目魚」。在曹開的詩的國度裡，幾乎沒有不能以數學解決的問題，大至一百多年的兩岸隔絕，細至電腦操作，這是曹開迷戀數學詩，大量創作的堅定緣由，史實、史事的批判，哲思、哲理的體會，盡在其中。

四、人性沈淪後的扭曲與扭轉

台灣解嚴之後曾多次與曹開相識、交往的宋田水，認為寫詩對曹開來說：「是對命運的報復，也是對集權的痛恨。」

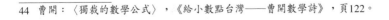

44 曹開：〈獨裁的數學公式〉，《給小數點台灣——曹開數學詩》，頁122。

「白色恐怖下，政治犯的冤苦超越人世一切的酸甜苦辣，使他的生命在深悲極怨裡，醞釀著一股化不開的鬱結之氣，『你關我十年，我幹你一千年』的怒火支撐著他。」[45]這種情緒的宣洩自是人情之常，但在曹開的詩中，其實也曾沈潛下來，以數學公式思索「人性」何以淪落至此？最後發現人性善變才是造致這些悲劇的源頭，這些詩作包括〈徬徨的數字〉、〈數目的夢幻〉、〈紛雜的函數〉、〈變數〉、〈比目方程式〉、〈不定方程式的兩邊〉、〈數目的變換論涵〉、〈括弧內外〉。如〈數目的變換論涵〉以五句極簡的相同句式，雜入錯綜變化的對立詞彙、不同的數學語言，共同構築人性善變的定論：「有時一個數字在方程式的西方是負數／而遷到方程式的東方卻變成正數」、「有時一個數字在方程式的東岸是變數／而遷到方程式的西岸卻變成常數」、「有時一個數字在方程式的西面是無理數／而遷到方程式的東面卻變成有理數」、「有時一個數字在方程式的東端是虛根／而遷到方程式的西端卻變成實跟」、「有時一個數字在方程式的左邊是劫數／而遷到方程式的右邊卻變成異數」。[46]劫數與異數，雖不是數學之數，卻因爲同一個「數」字，在這首詩的等式中扮演著增強結論的重要角色。

　　在這種善變、對立的數學程式中，曹開有時帶入「空間對比」的比目魚，有時帶入「時間對比」的蝙蝠，甚至於「性別對比」的愛情觀也在這種程式中演算。但最足以令人震撼、沈思的，卻是帶入「內外對比」的（括弧）後的解析，形成聯立矛盾方程式的無窮變幻：

45　宋田水：〈一成名 就成鬼〉，《台灣日報・台灣副刊》，1998年11月27日。另見《作家當總統》，頁170。

46　曹開：〈數目的變換論涵〉，《給小數點台灣──曹開數學詩》，頁191。

運用時間奇妙的逆定理
經過無常的因素分解

你在（括弧）裡面是個偉大的領袖
而到（括弧）外面卻是卑鄙的小人

你在（括弧）外面是個英雄
而到（括弧）裡面卻變成狗熊

你在（括弧）門外是個完美的圓
而到（括弧）門內卻是個空虛的零圈

你在（括弧）的牢內是個劫數
而到（括弧）的牢外卻是個異數

你在（括弧）的下層是個魔鬼
而到（括弧）的上層卻是個神仙

人類就這樣沈湎於無情的演算
聯立矛盾方程式當然變幻無窮——[47]

　　危機，可能是轉機；扭曲，未嘗不可以是扭轉的前兆。
曹開的詩善於利用這種簡單的句式，用以形成有力的對比，
其中卻又蘊含著善變的世間面貌，因而展開他的哲學思辨。

47　曹開：〈無常的因式分解〉，《給小數點台灣——曹開數學詩》，頁157。

五、神奇零騎士的無有與無盡

以數字而言，最為簡潔的數字無疑是「○」，因此，在曹開的數學哲學裡「○」是個重要的啟發與象徵，頗似老子從「無」所展開的求「道」之旅。

「○」，在曹開的思想裡是個完美的象徵，政治的烏托邦，人類理想之所繫。如在〈○點（座標中心）〉中，「○」是每一個人的立足點，可以從此為自己的風格忙碌、為自己的理想奔馳，卻不會去侵佔別人的座標。如〈從零看人生〉，他認為「○」是虛懷若谷，不做無謂的爭執；「○」是圓滿的修行啟示，無我的最高層次。在〈○，零的人生觀〉裡，他說○是心靈的牧師，所有的是非善惡，因為○而得到超脫；○是生命的卵石，萬物以愛的溫暖使它孵化成長。

王宗仁所編的《給小數點台灣──曹開數學詩》特別為○成立專輯，稱之為「零、圓、點的奇想」，將近五十首詩中有一半的標題是以○為開端的；曹開自己所編輯的稿件中，〈數學詩・序詩〉安排三首：〈零和圓〉、〈導言〉、〈零特輯──數學詩〉，其中有兩首就是以零為座標的中心點，期能提昇人生，達到無我的最高層次。○，使曹開從冤獄的罪罰與苦痛的折磨中，得到超昇、淨化，在○的詩篇中幾乎無鬥無爭、無仇無恨、無怨無尤。曹開甚至於將零「人格化」為「零騎士」，任何事物都可以迎「零」而解。

台大數學系教授蔡聰明在〈零不只是空無〉這篇文章中，提出幾個數學觀點，卻富含哲學的啟發性：

1. 從數系或座標系的整體眼光來看，零代表座標原點，是天地的中心。任何系統若缺少中心，那就缺少生命。

2. 任何數加零或減零還是等於該數，即「加之不增，減之無傷」。這表示零是「空無」，表現零的謙虛、客氣、不動人一根汗毛的一面。

3. 對於乘法，零就很專橫霸道、自我為中心：任何數乘以零等於零。因此，零簡直是集「謙虛與霸道」於一身。

4. 從因數與倍數的眼光來看，任何數都是零的因數，零是任何數的倍數。因此，零似乎是無所不有，豐富得很。

5. 具有大小與方向的量叫向量。零向量沒有大小，但是所有的方向都是它的方向（即無向）。[48]

　　曹開數學詩中有關「零」的作品，幾乎體現了零是無有卻也是無盡的意涵，〈零超越宇宙〉可以做為這種歸零體悟的詩作代表：

零是無邊無際的總和
它是宇宙之母
從它的胎盆
萬物產生

它是中立的樞紐
不偏袒任何方位
積極而不孤伶
統合一切，調和虛實

48　蔡聰明：〈零不只是空無〉，查爾斯·席夫（Charles Seife）著，吳蔓玲譯：《零的故事》，台北：商周出版公司，2007，頁IV-V。

零樂觀的參與
操作所有的轉機
創造世間
脫俗的內涵

只有零能令狂妄的無窮
回省歸元
渺茫自大的太極
收斂知還[49]

從數字的「○」到幾何學的「圓」，曹開一直維繫著這種「回省歸元、收斂知還」的肯定看法，在〈三角形與圓形〉中，尖銳的三角形被溫柔的圓所含容，〈幾何詩〉裡，方與圓則似剛與柔，兩心契合於同一點。含容、契合、圓滿，一切都歸於「○」。

因為「○」的體悟，曹開甚至於想要「掐節節鐵鏈為佛珠」，有著將囚室變為佛堂的大願。〈零珠佛鍊〉中，他以圖象顯示把零字連環起來可以聯結為佛珠：

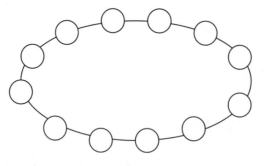

49　曹開：〈零超越宇宙〉，《給小數點台灣——曹開數學詩》，頁68。

「纏綿不絕的誦唸／直到每個零變成完美的圓／直到零字化爲靈珠／菩薩往生於其中」。[50] 這不同於一般社會大眾受苦受難時祈求佛菩薩保佑的禱詞，而是人生哲理放空一切、歸還於零的眞正領會與解脫。

〈能清算什麼〉這首詩可以視爲曹開數學哲學詩的總結，首段是小數點的孤苦伶仃，猶無法免於被清算的命運；其後三段是常數與變數、有理數與無理數、異數與符號的對比，作爲常數、有理數、異數的「我」都有可能橫遭禁錮清算，這是「實有」的煩惱。但是，如果我是「空無」呢？「倘若我將來空空／去作一個零騎士／你就是化作虛數 運用劫數／在我的駕馭下／你還能清算什麼呢？」[51] 從小數點的微渺小數，到零的空無境界，牢獄高牆的拘禁對曹開透徹、透明的哲理體悟，已經完全無能爲力了！

結語

數學詩是「曹開在各種困境中苦練出來的『武林絕招』，這種獨門絕招用在寫作上，不但有著達達主義式的俏皮；用當前學術界流行的術語來說，則頗具顛覆性的價值。」[52] 宋田水這樣的論述，爲曹開的數學詩樹立了詩學地位，因爲顛覆是創作的原動力，現代詩的領域裡勇於嘗試新技巧，勇於開拓新題材的人，極可能爲自己的新詩事業打下新江山。

彰化詩人從日制時代謝春木寫下台灣第一首新詩開始，迭創佳績。白色恐怖時期的曹開以一個被壓制的心靈卻能掙脫而出，挺直自己的脊梁，以其優越的數學秉賦，大量創作

50　曹開：〈零珠佛鍊〉，《給小數點台灣──曹開數學詩》，頁65。
51　曹開：〈能清算什麼〉，《給小數點台灣──曹開數學詩》，頁148。
52　宋田水：〈一成名就成鬼〉，《台灣日報‧台灣副刊》，1998年11月27日。

數學詩,雖不能說是數學詩的創始者,卻可能是數學詩的集大成者,爲台灣、甚至於世界的數學詩,留下足供跨領域研究的珍貴素材,爲彰化詩學再添一頁光彩,因而也挺直了台灣新詩的脊梁。

【作者序】
〈數學詩・序詩〉三首

曹開

　　在太空科技飛躍猛進的時代，素來被摒棄在拓撲空間孤立於電腦主控系統網路，壟斷文藝領域的一個「小不點」，幾經自勉奮力掙脫，從人文搖控機操縱的詭譎、誑妄、縱橫、捭闔、相軋，傾奪的淺陋、卑薄裡，憑著創造蘊義開明，恢宏深長的詩作，以有力的工穩，滌潔千面人的電腦病毒，突破遲滯閉塞的黑暗網路，向嶄新的世界，創新風格，獨幟一樹，開天闢地，而恣情快意地馳騁於意在言外的新園地。

　　世界好奇妙，威權的瓦解宛如巨型冰雕，一夕之間銷蝕融化，當一陣開放的季風一吹，把這一個「小不點」因式分解，從桎梏清帳的括弧中釋出來，但矚目鏡頭放眼一看，處在一條矛盾多元高層的不定方程式裡，等號兩岸電腦的視窗，好沉濁的氣壓，令人窒息欲絕，唯恐偶一不慎，風雷會起自「終端機」之內，鑒於此，這「小不點」仿效在螢幕上的雷射光碟的小粒子，拂雲蕩空，以點點滴滴渺茫的軌跡，玩起數學幾何詩，看起來格外的得心應手，在此，順便舉證一首〈零和圓〉，作為本集之序詩：

〈零和圓〉

欲究人生圓或零

他繪個圖，你看成零

你繪個零，他看成圓

真是通達玄妙

有人從圓中
滾進零裡
有人從零內
鑽入圓中　愈思量愈莫名

圓看零非虛懷
零看圓非完美
圓笑零　零笑圓
是非虛實並列交融

圓成零　零變圓
相因相成　互相對應
恰似魔圈佛環渾圓
密切聯鎖不停

圓零圓　零圓零
連串滿天吉凶星斗
把那難說盡的想像
推演奧妙無窮

　　「小不點」的儀態，不具甚麼仙風道骨，而竟能以胼手
胝足的勞力精神，開拓出一片天道數理的新境界，令人在不
知不覺中感到科幻的妙用趣味盎然，逸趣橫生，顯然它的詩
作非比尋常，非但跳脫了古今中外，形而上下邏輯的羈絆，
超越了故國傳統道家、儒教、墨子、莊周等是是非非、曲曲
直直、虛虛實實的學說藩籬，其哲理分外清新，何止是等量
齊觀，足以分庭抗禮，抑且有凌駕而過之趨勢，遠勝過那一

套有理說不清的爭辯法則哪！

　以玩數學方程式來驅逐禁圍中的鬱悶，進而解讀電腦的識別碼，「數位的變換，組合排列」竟成意外的另一得，如今以光筆創新的風格終能成詩，得與讀者諸君見面，全屬僥倖，不可不加以書明。並虔誠敬請批評指教，是小不點零和圓虛懷若谷的序詩，也是奮力耕耘開拓一片雅俗共賞，引人入勝的新詩園所在。

〈導言〉

原來是個渺小的小數點
描繪人類美妙的
「多元聯立方程式」
拱托的心
像笛卡兒的「座標○點」
似十字架的中心
一向擁抱著達觀的「公理」

踏出和平自由的「軌跡」
操著平等的定律
運用消去代入法
統合整項
解開圍禁的「括弧與函數」
讓紛雜糾結的「未知數」
有條不紊地在等號旁邊定位

〈零特輯—數學詩〉

假設地球等於零

則：EARTH＝○

然，沒有人會認為地球是一個零

而其實，零與地球

非完全不相干

人類無法否認

地球是

零的一種——

故而，也就是難於否定

地球屬於

零圈裡的統合體

因為，零和地球

非但相因相成

還有同心間的關係

那關係就好像零群的

組合一樣奇妙

人類住在地球上

好像混在零的外面

東奔西走

拼命登高遠處

把理想添翼

將希望化成太空梭

欲征服宇宙

而零，圓禪不動

無論人如何掙脫

被圍限於零

仍舊陷落在零的圓圈中

在無窮的數域裡

人不斷自求充實吹噓

卻終究免不了

被趕入另一個零裡面

而不斷地有新生命誕生

又衝刺在零的圈外……

零的哲學史

比地球星星太陽更悠久

易為被忽視的零環

是數學王國的轄區

輪迴而殆的零與零

恆遠互相融合貫道

彼此往返包容

非胎生

非卵孵產的零

不輕忽虛無

不忌妒空洞

極為洞悉

死裡求生的定理

因而，零不怕被擊毀
更不懼死亡

要是我們
擊碎了一個零
那純是為了貪慾
並非有驚天動地的突破
因接著另一個更大的零
又顯現在眼前
緊緊裹著我們
就是敲落了所有的零
星星，月亮，太陽
而最後，依然渺茫
因為這樣一來
零和自然的關係
自然歸零的圓寂
又將會更清晰
更深到
明白零的無窮領域

【目錄】 contents

第一輯：零、圓、點的奇想

零看人生　之一

（○），零虛懷若谷
面對世界
加減乘除的紛爭
不崇尚無謂的征服

他給與人類
圓滿的修行啟示
提昇人生
無我的最高境界

零看人生　之二

（○），零虛懷落谷
面對世界的
加減乘除的清算
不做無謂的爭執

它給與人類
圓滿的修行啟示
提昇人生
達到無我的最高層次

曹開手稿／王宗仁 攝

零的意境 之一

〇，零的心長住在
　歧路的交叉口
零，〇的心恆守著
　十字的相交點

零，〇為了人類
　打出無數的圓洞
通達了
　大公無私的拱門

零的意境 之二

零是十字架的中點
零是紅十字博愛的心
它為人類打圓洞
通達大同的拱門

零的實質

零的風度
比任何數目謙遜有餘
它寬宏無比的心胸
超越時空

無窮的寫意
存在於零的領域
然，零豈非虛無
絕非飄渺空空

零的實質，憑空生有
看，無數星球懸空閃亮
啊！只有零偉大的存在
恆遠可歌可圈

零看生死

生前
零是空無

身後
零是整體

零與數字

人是數字的代號
○，零被挾雜在中間
似乎任由
排列與組合

其實不然
零廣大無比的內涵
卻包容了
所有的數字

零，並非完蛋
○是奇妙的圓卵
一切數字
由它孕育誕生……

○，零
在數字中
名列榜首
並不耍噱頭

曹開手稿／王宗仁 攝

零和對策

在目前絮亂的暗世裡
有兩條隱式矛盾不定方程
互相纏擾難解：
一條像東方的巨龍
另一條像西方的大蟒

他們都常異口同聲地說：
「我們要和諧併容統一」
但，尋覓不到恰當的公式
與適巧的定理
找到融合的公因母

於是他們較勁，展開因式分解
巨龍咬著
大蟒也咬著
巨龍的尾巴猛噬

兩條矛盾不定方程式
相互吞噬，代入消去
好比宇宙的黑洞與白洞爭拼
唯恐愛因斯坦復活
也無法測避其因果

零和的泡沫氣數

你固執一條方程式
不肯解開（真數）的括弧
他堅持另一條方程式
不願消去劫數

於是兩端矛盾聯立方程式的中間
便構成茫然隔絕的海峽
零和的氣數明滅洶湧
如同泡沫逐浪漩滾……

○的元素

無我的意境
是○的元素
道場的圓禪
它把○交織成
萬物的乾坤袋

○與球

在○裡輕吹一口氣
○便神氣活現
有如跳躍的球

每位賜予它生命的人
便是優異的投手

朝任何方位
只願不虛擲

○總被拋進
另一個○的
大投籃裡
——得分

零與球

○，零似比賽的球
翻滾跳躍在世間
但，不為人類所虛擲
寶貴的機緣與光陰

零，看似人人嫌棄它
好比對渾球拳打腳踢
卻搶它追它甚至擁抱它
以它為勝利的最終目標

○與○○

掛上眼鏡○○
抱著心○

○○是無窮大的號誌
○是笛卡兒的座標中心

於是我的程式變成了
→○○＝我

然，大＝小　小＞大
人是變化的數字

結局，變化莫測
都代入多元不定方程式

哦！算學的魔術
恆遠不斷地展演……

○，零的人生觀

○，零並不是虛無者
它是心靈的牧師
所有是非善惡
皆在零的傳教之下
得到超脫及歸隱

混沌宇宙皆從零開始
它們不是希望的破滅
而是生命的卵石
萬物不斷以愛的溫暖
使它孵化成長

失意的愚者以零為厄運
成功的智者奉零為導師
爭權奪利者在　裡打混
淡薄名利者在　外消遙
是零非零存於一念之間

○點（座標中心）

每條方程式都自立方位
每個人的行為皆成自律
若非自己去證實
怎由別人代替
到底那點是福
那點是禍
到底那點是好
那點是壞
其實　每一點的原則
皆有自己的規範

沒有一條
方程式的意義相同
沒有一個
步調的軌跡是再版
他為他的風格忙碌
你為你的理想奔馳
終究立足點各成
一個○點
卻沒有一點站在座標外

Y軸是牽引
X軸是控制
到底那個厲害
喔　看蜘蛛拋　球招親
落靜成定局
掀開謎樣的新娘面紗
是近X　還是靠Y

曹開手繪稿／王宗仁 攝

（○），零主控座標

零（○）
無論到何處
都構成
自立的中心

○，它客觀地主控
座標的四個象限
統和著萬物
縱橫的軌跡

零騎士

在函數的世界
奇妙的人間方程式裡
零騎士的獨特乘法
把再偉大的數目
也當一匹小神駒
默默吻一下
輕輕一拍
便悄悄乘牠
騰空駕雲
飛向太空
尋找未知的天國去了

· 190 · 第一輯：零、圓、點的奇想 ·

零虛圓方程式

不出公式所意料

人類竟把自己

也當做數字看待

上帝暗自覺得，多麼可笑

只好讓他們

陷於「加減乘除」的漩渦陷阱

畢生計較　互相清算

卻永遠無法數清結帳

不出定理所歸納

人類竟也把自己

當做無窮大級數

代入未知的不定方程式裡

不斷地劃括弧

盤算比勁

其實都是歸零再歸零

因子分解又因式分解……

零騎士的規勸

俺零騎士笑你天上的銀漢
像電腦的鏡頭
一亮相便是展現誇示
無窮的天文數字

俺零騎士笑你最喜愛加減乘除
清算不休的偉大數目
無知的在世界函數裡
不斷信口稱尊

俺零騎士笑你們投機的或然率
無常變幻的異數虛根
在矛盾不定方程式中
疊羅漢翻觔斗鬧天宮

俺零騎士笑你們暴發戶
掙得財富滿貫
顯得不可一世
駕馭風雲，意氣洋洋

俺零騎士總是虔誠勸你們
不如收斂謙遜——
試想，要是一個零虛圓
輕輕把你們碰觸一乘
保證瞬間歸空……

零奇士的因子分解

在複雜的社會函數裡
紛爭的代數混帳簇
你，我，他，這特徵數字
總是相互清算不休

我與你，你與他，他與我
你的與我的，我的與他的，他的與你的
整天價見，各數因為加減乘除
恆遠不知收斂，交戰無止境……

而，了貪念，悟空暝
只有零奇士，虛懷若谷
靜觀之，暗自好笑
他坐圓禪，心高如日月

為眾生，設一個零環的圓寂方程式：
{他〔你（我）〕}＝○
運用代入消去法
按公式統統因子分解

曹開手繪稿／王宗仁 攝

零珠佛鍊

我願把零字連環起來：

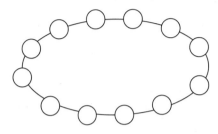

這樣聯結成為
一串數不清的佛珠
用我人生的幾何線條貫通

掛在我火侯上的頸脖上
垂到我「虛懷若谷」的胸前
用我鍛煉的雙手
輪流掐著⋯⋯

當我修心養性的時候
數一粒零珠
唸一聲阿彌陀佛
循環不斷地掐著

纏綿不絕的誦唸
直到每個零變成完美的圓
直到零字化為靈珠
菩薩往生於其中

神笛

無數的○
不是千瘡萬孔
它們是許多
啓悟的烙印

把無數的○
串製成一隻
奇妙的神笛
將吹奏出
圓舞的交響曲
（無數的「圓」舞曲）

偉大的數目與零

有一天
一個偉大的數目
對著零驕傲地說：
「學者說你是一片空虛
是圓寂的圖像
人人都畏近你」

零卻緘口微笑不答
但，那個偉大的數目
不久卻情不自禁地
投向一個虛幻
而朦朧的空洞
尋找美夢去了

演算；你±我＝○

我實在不甘心
　無緣無故被當做數字運算
竟被編起了
　代數的號碼來

我被套進（括弧）
　關入囚牢禁圄
只惜於今也無法
　掙脫抗拒

演繹歸納的「劫數」
　好比我罪名　掛在胸前
誰料得到囚號「635」
　便是我的化身

那是多麼活生生的數字
　早晚被計算
還得張開喉嚨
　大聲的報數

本來我無意變成數字
　諒你也無心形成
而現在竟以你大數目
　無情地清算我小數字

但，既然你心裡有數
　你應懂得因式分解的公式
要是把我們移到方程式的另一端
　大家不就是；你±我＝○統統等於零

零超越宇宙

零是無邊無際的總和
它是宇宙之母
從它的胎盆
萬物產生

它是中立的樞紐
不偏袒任何方位
達觀而不孤零
調和虛實，統合一切

零積極的參與
操作所有的轉機
創造世間
謙遜脫俗的內涵

只有零能令狂妄的無窮數字
回省歸元
渺茫自大的無極
收斂知還

曹開手稿／王宗仁 攝

圓

圓，理想之拱門
只是，往往自圓其說
又何所知

零為圓之洞孔
但圓有限
零卻無窮

圓與圓

妳繪一個圓
他也繪一個圓
兩圓相交
圓吻圓
看似無情　卻有情
圓與圓有心繫相連
啟示咱倆早團圓

圓的異議

在幾何的世界函數裡
有一個圓照照鏡子
對照電腦鏡頭中零的臉龐
它駭然發現它們的模樣完全相同

它祈求上帝另造一副
以便與零的形狀劃清界線
免得兩者渾淆不清
不幸被貶降了身價

但，想不到上帝卻說：
「看太陽的面龐
不就是與零的一樣圓圓
最美的月亮，不也是與零的
臉貌同樣圓圓無缺

還有數不清的星球
都與零的圓狀相似
它們都不嫌棄不怨言
怎麼你唯獨有意見？」

曹開手繪稿／王宗仁 攝

思想之拱門

只有爬過
　黑暗的隧道
見到蒼穹展現笑容
　突開拱門迎接的時候
你才能體會
　由零通到圓的內涵
方能看得見──
　那是圓滿的思想之門

零與圓

數學說：
　零是零　圓是圓

社會說：
　零非零　圓非圓

哲學說：
　零是圓　圓是零

零虛圓

世界上沒有一個「已知數」
解曉我們人生的方程式
到達「目的地」的軌跡
也無法算出路線的盡頭

在那無際的坐標中
像在大海波浪的數目裡
歌聲高揚，潮汐口沫回濺
唱出無數水泡的零虛圓

問太陽

太陽呵
你昨天像零沉海
今日又像圓昇空

請你教給我，這模樣的意義
讓我瞭解
你在死亡與再生之中的語言

永遠在一起

零對圓說：

「真圓完滿啊！

這個世上，沒有誰

能比得過你

你的形影，你的內涵

那樣至真

當次和你相識

我就喜歡你

你的啟示你的美意

叫我著迷」

圓兒卻對零說：

「零啊！請把我指引

這個世界上，沒有誰

比你能指導人

進入無我的境界啊

沒有人比我更愛你

哦，零啊，我希望和你

永遠擁抱在一起」

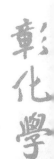

零和圓的完婚

你是一個「有理數」
逝去後，你已經拋棄了
生命的符號在你身後
你用臨別落日的圓圓模形
與地平線相切如吻的意念
留下眼淚的「小數點」之軌跡

死與生　結合在零和圓的完婚中
這是你穿過了大地去到愛的樂園
擁入親切的懷抱
你認為唯有用溫暖的愛之光
方能點亮萬物之燈
那兒一切的終結與開始相逢
由此新的世界跨過了開啟的拱門

零與圓的對白

在數理魂靈的領域中
兩個光環的幽浮剛剛走過
他們像鬼眸木然
人們幾乎不能瞭解他們的話語

於幾何幻作的怪園中
圓與零的幽靈彼此研議：
──我們是孿兄弟
──是的　我們是雙胞胎

──你是否恆常取代我的身份
──但願永久如此
──當我提議交換名字　你是否會心跳
──我不會驚異

──啊　那美好的描述　變成偽理想環
──當我們交唇之頃將化做虛圈
──月亮曾似我完滿昇起
──退敗的太陽也如我逃逸

若此我倆在調和中
交融變化
貫通契合
但怕只有蒼天　曉得我們的意涵

輪迴的零與圓──變換定理

那無常的人生盡頭
就是死亡的「變幻」

解算方程式的終端
每條總要設想等於零

圓美滿的化身
卻是零的結束

只有零的存在
永遠超越無窮

面對數理清新的虛實評斷
但願世涯亮麗達觀！

變換零的無窮虛圓

證明給我看
　用你設定的公式來解說
你是不是尋到
　遞歸自由的理想環？

是的，一條奇妙的方程式
　自我的心靈展開軌道
且快將我導入迭代函數曲線
　變換成零的永生無窮虛圓

小數點

我是極小的小數點
原不願降生到人間
卻無意地被點在
複雜的數目中
多添人家的麻煩
人家細算起來
都說討厭
有人喻我為
囉嗦的尾巴
有人罵我是
數字間的小螞蟻
但人家比什麼
我都不介意
我從不討人家的歡喜
雖匍伏在別人腳下
我仍把頭點在
正確的函數裡
拼命求精
頻頻拉近數目的差距
我是被人
漠視的小數點
雖然是這麼渺小的一點點
唯恐被四捨五入的原則而犧牲
但，既然爬在笛卡兒的座標間

除非被抹殺
我有自己的生存方程式
絕不自卑，更不自賤
看，無窮的空間
情何限！
我要依公式按定理
讓點點的軌跡
繪出正確的路線
然後，劃成光明的一面
永遠豎立在科學的頂尖

（註）：笛卡兒——法國的大
數學家

點 點 點

點點點
點是細細的雨滴
點是早晨的露珠
點是荷葉上的顆粒

點點點
我要連結你們
用你們的軌跡
寫一個大大的圓

無我小小數

為數不算數
零點零零幾

電腦傷腦筋
晶體裝盲目
細看電算機
無我小小數

有一個點

有一個轉捩點
　　能扭轉乾坤
有一個著力點
　　或許就是無限的力量

請別看輕
　　這東西矛盾兩岸的方程式裡
拓撲空間
　　死寂無援的孤立點

誰猜得透
　　不會打破沉默
說不定突然
　　爆出了移山倒海的火山

小數點的詩觀

人類的生存從太陽的光
　　得到最純粹的快樂
而心靈從數學
　　得到清澈的照亮

這兩種事情
　　一是靈動的線條的考量
那是眼見的舒服
　　另一是數理的精明
那是心智的達觀快悅

我自從心裡有數以後
　　總覺得應該寫出有人間性
有人情味，深入淺出的數學詩
　　獨創一條人生方程式的新軌道

小數點的崗位

在遠地資訊的電腦裡
我仍是一個
堅守崗位的小數點
我常保持著
零點以下的精密度
而拼命維護正確的焦點

本來我似一顆
渺小的沙粒
很容易鬆散流失
也常愛做離心的夢

幸好電腦的慧眼
像東方的太陽
感應的圓睛與我相契合
讓我們同點共心長相守

曹開手稿／王宗仁 攝

小數點的願望

當一個小數點

經過無情的因式分解後

未被四捨五入的原則而犧牲

從（括弧）的囚縛中

得到自救　脫穎而出

像一隻被錮禁的鳥得到釋放

不再受到隔絕孤立

而自由了的時候

歡欣展翅　大步朝向

浩瀚的天空飛翔

我所期望的今天的台灣

就是這樣──

我天天就是因此

為家邦與鄉親不斷地歌唱

曹開手稿／王宗仁 攝

小數點的墓誌銘

前無始　後無終
點的消逝　是線的形成
死亡方程式的軌跡
猶在坐標裡
不滅的延伸——

記在沉默的程式中

當我死時
我已為你的愛
拼命而奮鬥過
啊！敬愛的台灣
請把我的思想
記在您沉默的程式中
為我保留
這一「小數點」
以便引導
數不清的卑微小數目

給小數點台灣

台灣，你在煩雜的世界裡
變幻莫測的函數中
經過漫長無情的演算
你仍是個獨屹的小數點

小數點，台灣，你像一顆金星
高配著無窮大的天體
面對無數的劫數與異數
孕育不朽的光芒

桎梏著的國度，許多虛根正在搖撼
錮禁的括弧將要因式分解
數不清的卑微數群在黑暗中呼喚
渴望你小數點定位，導向正確方程

小數點，台灣，你是一顆至寶無上的鑽石
渺小而偉大又珍貴的試金石
緣何自賤？快起來發揚光大
不要在紊亂中再猶豫彷徨哀鳴

哦，小數點台灣，面對四捨五入的存亡關頭
我們一條心來擁護你從頹喪中更生
共同奔向一個理想的軌跡
一個座標上的信仰中心──□□□□

快起來小數點，台灣，按公理數依定律

你並非珠胎暗結的結晶，或人造的水晶球
你是宇宙母體孕育的舉世無雙的夜明珠
你有崇高至上的名份

你不會是人工流產的胎玉——休止符
你是大自然誕生的珍珠
難道你還在大海的胎房中酣睡
新的光輝，尚未覺醒臨盆

不過台灣，親愛的小數點，精打細算
當你的希望信心凝結的
僅是一塊模糊的夢園
就會像隨浪作樂的海膽

你的心狂跳不定如波濤洶湧
易被變幻的症候所迷惑
那是你還沒有穩健長成
尚未成熟堅固

親愛的小數點，台灣
你與逆境已搏鬥得焦頭爛額
你已體會過試煉，面臨的無情沖擊
相信會將你的心搖撼到覺醒，使你琢磨發光

小數點，親愛的台灣，你抱著數不清難忘的創痕
你曾經被恐怖災害所耗損

血紅的慘痛曾澆洗渾身
難道還無法喚起你猛醒而趨向黎明

台灣小數點,快起來,來指引那些沒有依靠的小數目
從沉迷混濁拘圍的領域
凝聚決心,自立圖強,脫穎而出
把生命改觀,發射光明的異澤

哦,小數點台灣,你經過漫長苦難的年代
經過不斷地琢磨試煉,你還是精純
起來迎獲美譽光輝和偉大豐碩的成果
醒來啊小數點,哦,台灣戴上榮耀的花冠

第二輯：定律與或然的演繹

定律

一個正確
與一個錯誤
相加起來
等於一個「劫數」

或然率

數學上的機率，便是人類萬禍的根源
就是命運的最高仲裁者
一切都受它管轄統領
人的賭性也由它孕育而成

於是，「無常」坐鎮
自任為成敗的公斷人
無形之中
它搧惑起紛爭

各人的依附
與權力的分配都得看「機運」
只有奪權清算後
才有新秩序的產生──

算式指令

你判定是「必然」
他說未知數
你選擇偉大的數目
他假設一切等於零

你用逆定理
檢算他的因子
他以開方的公式
分解你的虛根

如此這般沒完沒了
你玩加減　他搞乘除
有的是　千種無理數　萬種變數
算式指令原子兀自開花

分析數學

數對括弧說：
「你是我的」
括弧便把數禁在鐵匣裡

點對面積說：
「我歸你的」
面積便賜給點
在軌跡上的自由

括弧

括弧以清算結帳的名義
把討厭的異數囚禁起來
讓週緣數不清的小數目恐慌
任由他擺佈抹殺

他有如統治者　仍不斷匆匆忙忙地
建造層層圍堵的牢牆
當處處密佈高聳入雲霄時
裏外彼此都趨向「近似值」

括弧的世界

擺在眼前的函數是：
它 ｛他〔你（我）妳〕她｝牠

大括弧套著小括弧
我是括弧的括弧裡面
最內層的小數點
除非因式分解
除去所有的括弧
否則能作逍遙遊？

括號砌牆

數不清的變數太爛了
常數好像提議要隔開
於是，在函數的算式裡
便有許多括號要砌牆

再不能拖延！劫數與異數紛雜
真數與虛數混淆
要是不整頓設立的人間方程式
真會使人難於解析運算

冥冥之中有什麼不愛括弧砌牆
有如在世界裡劃線人際的一道籬笆
人這個數字不就慣常隔著牆壁走著
各種數目落到各的牆邊，便算各的吧！

括弧砌牆各據一邊，沒有什麼好玩
人際，卻也並不需要什麼隔絕
但，各種數目偏偏難於攏合
甚至會越界擾亂

心理一旦有了數
清算的念頭　老是作祟
較勁的數目住進腦中
便會不斷地因式分解

不過，括弧繪圖之前，應先問一下
圈進圈出的是什麼數字
還有需要求證歸納什麼值
冥冥之中你有什麼愛運用括弧圍牆

「要毀它嗎」有人會訕諷
不請算式，教你心裡有數
人人各個數目，終得結帳還清
不由地喜歡三復斯言：
「好括弧，勝過乾坤袋」

平行線

你沿彼岸　他沿此岸
他不理你　你不理他
但　湘江源頭不分開
兩人猶有相交的地方

誰知情線正相反
你繪的和他劃的
是等距的平行線
難得有碰面的一天

到頭來　人比湘江兩岸
錯把情　當流水一般

變數

在世界方程式裡
蝙蝠是隻變數

當他降落到方程式左邊
牠自稱是禽類

而當轉到方程式的右邊
卻自稱是獸類

在對立函數之兩端
扮演忠良，左右逢源

任意三角形

人生解析幾何？
公理先尊的定律説：
「人還未發明三角形
便有了三角行」

除非是特別角
任意三角形的度數
常因鋭角與鈍角的較勁爭執
有如世界的三角函數
永久變化無窮

威權耍的是特別角
愚民愛玩的總是鈍角
有人揮舞魔角
有人磨出靈角

鋭角老是要衝刺
名角不可一世的炫耀
丑角恆是愛討人歡
暗角常隱匿不可告人的秘聞

角刺角　角攻角　角磨角
他的怪角要鬥掉你的妖角
你的鬼角要攻掉我的好望角
世世鬧的不可開交

啊！上帝，敬請你牽引一條慈悲的掌中線
貫通他們所有的角，好比串連佛珠
形成一個大和諧的圓
讓他們從此得以祥和安寧

曹開手繪稿／王宗仁 攝

變數論涵

以漸變式方程式

奇切雙圓面道

切線割點

用括弧歸納手段

給與劃分寵絡

系統隨機變換

越非正態分佈

將虛根馴伏崁入概括

對稱同態賦值提進

曹開手繪稿／王宗仁 攝

商數

在數學領域裡
指某一數除以他數
所得的數值

而應用到社會上
推論其逆定理
則表示富者所擁有的金額
究竟有幾分之一是
流入窮人口袋裡的數目

倘若依此判斷
現有的一般公因式
確實茫然
難於把繁分式「約分」

未知數

數不清的未知數
正在一條未知的不定方程式兩岸徬徨
環繞著未知的高階繁分式
反映出未知的變數疑難

設想這未知的調和程式中
也有些未知的公因式
正推演未知的渺茫行徑
怎不讓人猜測那未知的天文數字

那麼由於未知數的不斷繁衍
一定更欲知道有什麼未知的希望
只差解析未知的問題極為有限
而未知的將來卻是層出不窮

無理數

那些不願開方的無理數
糾結著虛根
把自己封閉在（括弧）裡
它們把（括弧）
當做空中樓閣
好像似偉大的人物
在炫耀擁有的特權

X函數

X滿人間

X在街頭巷尾徘徊

X在鄉間徜徉

你X在疑　我X在猜

他X在算

夜無數X眨眼

夢許多X盤旋

電腦追求的愛人是X

電眼追求的戀者也是X

X無處不在呼喚

X活躍在人生方程式裡

X值無與類比

看　在一個公式裡消去

X　　卻又在另一個函數裡

出現X

只有X的變幻　才是永恆

曹開手稿／王宗仁 攝

玄虛的異數

美妙的人間方程式裡
你不願做一個平凡的常數
總以變幻的異數姿態
遊蕩在等號的兩邊
模仿孫悟空翻觔斗
剎那騰雲飛到左邊
瞬間駕霧降到右邊
使人猜疑莫測
望風興嘆

有時，你 $\left\{\begin{array}{l}\text{糾結「無理數」}\\\text{死抱著「常數」}\end{array}\right.$

潛躍在紛雜的數群裡
到處擾局
令精練的演算者
萬分頭痛厭惡
結局把你套上層層的括弧
──好比魔咒的金箍
讓你自圍於桎梏的枷鎖
為了變換方程的檔案
用消去代入法
將你因數分解再分解

紛雜的函數

"常數"
笑"變數"
無常

"異數"卻有意
給"有理數"
難堪

"真數"對"劫數"說：
「你喊我瘋子
我叫你混蛋」

於是〔括弧〕
在"因式分解"指令下
展開搜捕

數學社會函數論

整項分數的過程中
如果把所有的異數
都囚禁在
（括弧）的裡面
那麼，公理
也被隔絕了
正如社會上的賢達
被關入鐵牢裡
真理也被摒棄了

虛根——科幻數學詩

老是不願以「有理數」
虔誠落實於
廣大無窮的數群裡
始終妄自為大
將自己圍限在孤高的√樓閣
主張特權
像自我錮禁於地府的殿堂
陷墜於狹窄閉塞無知的領域
卻愚昧而津津自喜
胸襟怎會開朗
難怪變成死角的虛根
在美妙的人生方程式裡
徒增無謂的困擾煩悶
一旦構成函數的死結
也是徒勞無功
結果，無論如何
「開方」不起來了

曹開手稿／王宗仁 攝

同類不盡根

在泊松求和公式的方程式裡

竟然運算仿緊

波動曲線

極性不定無窮大

切距變幻

三角較勁圖

多面體覆蓋同倫性

像拓樸孤立點

序烈組態　外向機會變差

角心球體變換

能否適用

龐加萊對偶定理

會是最像基本可紓解

公因母

我既然是社會繁分式裡的一個數字

日夜思念而尋找的是

所愛的公因母

除了她，任何名目的數目

再偉大的異數

也感到沒有意思——

公分母的話

守護真數誕生的公因母
對小數點說
「形成你生命的就是愛
堅守你的崗位定點

熱愛那些數不清的『卑微』
拉進渺小與偉大的差距
不管四捨五入的原則多冷漠無情
屹然定位在真理的方程」

繁分式

我撫摸赤裸的自己
想起了精彩的　羅漢
他們總是誇耀屬於上層的分子
忽略了下層的好公分母

他們都來得自大
把得意的架子
擺在我空虛的頭上
殊不知一翻觔斗便是一無所有

繁分式的社會

寫一題
紛雜的繁分式
讓你去比喻
像分析天上的星層

高層還有上層
有分子的分子
下層還有底層
有分母的分母

運作公因數
把分子與分母重整
因式分解再分解
不斷地約分再約分……
讓他們疊羅漢、翻筋斗

疊羅漢——像繁分式的玩藝兒

能騎在最上面
手舞腳踏　得意忘形
任意在別人頭上
爬上爬下　踩來踩去的
只有他一個人
因為獨他懂得江湖藝道
練得一身輕功
難怪他獲有
騎人不被騎的特權
看　觀眾的注意力
都集中在他一個人
高高在上的特技表演
對他的凌空功夫
給與熱烈的喝彩

而那些騎人
也被騎的中層者呢
他們被扶在中間
只知自己的雙肩酸痛
很少顧及下層苦撐的辛勞
往往為了支持上面的壓力
不管底層的死活
為了重心的平衡
不斷要求下層出力犧牲

付出更多代價
然　對於上面的人
一向無話可說
不敢吭一聲的了

至於最下層的成員
才真正站在大地上
只差要像笨牛或大象一樣
最好有傻勁不知勞累
任勞任怨
愈能承擔更多負荷更棒
就是承受最大的壓力
也只會乖乖忍受的份
萬萬不可擅作主張
還有　就是頭痛腳酸
想歇歇也無法做主
一定要查看上層的顏色
雖然大家都曉得
一切看頭均沒有他們的份
要是基層一抽身
整個便會塌下來
但　身不由己
無法擅作主張………

總之　疊羅漢這個
吃力不討好的玩藝兒
在傳統上
不再是單純的特技表演
已成為一種固有的文化
正如形而上學考究的
意識形態
──扶上而壓下
難怪有人說：
那是繁分數的群體把戲
是不堪因式分解的啊！

"射中與否" 蒙特卡羅 "Hit or Miss" Monte Carlo

不可分解的根系
獨立隨機變量
歸納理想蘊元
無限維實射影空間

霍卜夫不變量同倫鏈
反形成等價統合系列障礙
瞄準拓撲變態奇點
"射中與否" 蒙特卡羅

曹開手繪稿／王宗仁 攝

超範代數

數學的括弧
連上帝也當作"乾坤袋"
信女提著十字
步自笛卡兒的座標中心
笑像東方晨曦

圓與零是太陽輪迴的大千花環
人將寂寞捏成一團團
──製造各種渾球
訂樣樣五花八門的球賽

我們總不能讓青春
變成無味的虛數
當我們垂老臨終時
連一道金色的軌跡都闕如

只有的蠢蠢的心裡不應有數
但，頭腦圓形的，清明的
原應充滿方程式
試想，是否蠢瓜才把零
當作壘球拋擲？
傳統的落地櫥窗，圍禁我們的觀念
暮色四合，籠罩高高的圖書館
我們的無寥比什麼都更高
想及那些自傲的權威，休休休

濾濯虛數

紛雜的高層數目，又在加減乘除的相爭
清算得翻天覆地
高築的繁分式，重重疊疊
像五獄山巒
被消去的劫數，如絕去的歌聲
禁若寒蟬

無窮級數如長風潤浪
不等式差距的空間似大海
傳呼著平等的美麗謊言
老花樣翻新版
而解式上依稀是逆理的模型

矛盾高階方程式的雙邊
偽恆等式的迷向交換
今夕如不把虛數濾濯
他日即如何潔身，能以何種數字開方

每一波因式分解說：
「演算只能概括而止」
儘管有理數舉目回顧譴責說
「清算錯計齟齬」

虛自變數

團隊統合數學問題
並非龐加萊微分不變式
模式搜索法
要是偏微分不等式
怎能尋求共軛點

如今拓撲孤立點
奇詭參數流動沖擊
進退函數無理的變量
虛自變數
過度應變擴散無窮

雙面自由成元比較
逐段線性迭代變化
虛根游蕩
無力粘合理想根源

翻轉映射

保守非完整的進步系統
多面體覆蓋同倫性

只是求勝策略，改良迭代
不肯虛心調和各層級數
無理數領域
擴大無窮遠極
非理想環
非協和定向
階不變子代數
反演逆向群系
不變封閉泛函
翻轉映射
非可比完美求和法
窮如不變〝馬爾可夫〞過程
無理根開變差

交錯效應

變態奇點

極端異數

虛自變詭

巔間幅質

舖設完全分歧面

混造假像

產生固構零化算子

交錯效應

固定圖像，坐標移動變幻

有理數，無法真實進位

拋物難回歸

成雙可遷形，轉化泡影

偏頗估計

瞬變無据流亡

統一場論

越有界型高部凸出空間
兩端緊收斂的一致性
解析函數的單向化
置信區域
對邊訊息流型
低鬆弛因子
抗拒一致同構
越無限遠點
不等方差
不相關樣本
無偏回歸估計度量
不自由變分
統一場論
形成單側連通有向圖

曹開手稿／王宗仁 攝

魔幻導函論 （Magical-function）

If M＝man

therefore; Σ ＝ Layman

Find mean that

Lim

$\Sigma \rightarrow \infty \quad f(\Sigma^{-1}) \overrightarrow{\underrightarrow{}} \bigcirc$

詮釋：

人在獨尊之下

像代入導函數裡

橫臥的門外漢

愚昧的倒分子

縱然趨向無窮大

其價值也近於零

馬爾可夫鏈

桎梏著的國度

宛如特殊自鎮閉包空間

恐怖的牢獄

恰似清算的函數裡括弧

縲繩枷鎖，密佈迷漫

像數學上的馬爾可夫鏈

錮禁著自由理想環

過渡涕零期

威權爭奪強軛系統

多角插值多項式

跳躍函數不斷轉移

可遷置異數換群

變數翻滾多邊

常數無奈逆元

渺小族叢

平凡因子群

隨機應變，流落函數下層

過渡涕零群

偽自由理想環（Pseudo Free ideal ping）

不自由的數字從括弧裡

問自由的數字說：

「你的居所在什麼地方？」

回答的卻是：

「在那獨裁清算

禁錮的不自由大括弧裡」

「無理數」請教「有理數」說：

「你為何能落拓開方？」

有理數回答的很妙：

「消去虛根的偽自由理想環」

兩陣假設紐結

方程式之高元兩陣邊值問題

雙邊調和對策

兩側向量空間

多層區域

變態指數逐漸幻化流形

真假值，捨位誤差

湍流忍界層

旋轉因子運算

時空序列中的轉折點

並非真實進位

假設紐結

偏離代數的雙邊理想值

脫換原碼形式

奇點凝聚原理

寄生參數，偏離實根

無法黏合虛數

交疊效驗，猛產誤差

數學符號，彙編語言空埋怨

欺凌算術虧格

波動向量　畸型應變

游蕩點宛如孤島

幻和現象，虛待時空

忽視奇點凝聚原理

只逞顯空賦虛值假環

平均自由路程 （mean free path）

從小臨界點

斜駛曲線，難迴轉趨穩

最下低位，翻身或然率

無法趨向放大水平

刻意扭曲，跛腳流形

那是被扭曲之邏輯斯諦曲線

數字的軌道

恆常迷惘於

偽自由平均路程

「反三角」定義

數學家顧名思義

叫它為「反三角」

社會上有一小撮愚昧者

也許認為它名字不雅

具有罪惡反叛性格

幸好，它不是人

僅是數學上定義名稱

否則會被歧視治罪

甚至遭殃，後果不堪設想

其實，誰要是瞭解到

古今世上御用者

風行利用「三角術」

就不難想像並發現

歷史座標上

奸邪斑斑的「軌跡」

1983

等號的定義

假設：＝Y
　　　＝X
若是兩函數值相互趨近
則：Y＝→X　X＝→Y

等號說明　為了求證
演算正確答案
Y可以移到等號東方
X也當可搬到等號西方

等號是兩條客觀平行線
縱如隔絕兩岸
其實並列，絕非單行道
而是來往驗正必徑

等號是獨屹的平等標誌
自由跨海的中立大橋
不偏左不偏右
提供兩端認同共識的天職

如果彼此之間
各擁有無限群函
則必俱有無數公因數
存在統和整項異中求同的有利條件

一條高層多元無窮聯立方程式
糾纏結合成為宇宙的命題
為創造人類幸福的方程
等號兩邊務必調適澄清溝通

代數演繹的原理

世界革新開放的職司
有如數學上因式分解的威力
在於瓦解桎梏中
好比牢獄的冥頑括弧

結束無謂的清算紛爭
把所有的真數從禁圍中釋出
止息違背定律的行逕
提倡按公理演繹求證

凱旋的代數意義

在時代的黑暗圍禁中
我忍耐地期待著
人類的歷史
能洗雪被凌辱者的罪名
給與最後的凱旋勝利

宛如被套在
數學桎梏
錯誤（括弧）的真數
終於從因式分解中
得到自由的開放

反演公式

真是加減乘除
　　日夜鬧紛紛
漫天數字
　　教人欲斷魂

無窮級數不收斂
　　算也算不完
小數點抗拒四捨五入
　　數也數不清

猖狂的逆定理
　　清算有理數與真數
繁分式重重疊疊
　　結成不穩非等式異倫群

虛根故步自封
　　老是不願開方
異數自命非凡
　　像孫行者鬧天宮

世間自構矛盾蘊涵
　　社會形成不定方程式

不等式的歪風

不等式說公平的時候
　　就是最詐欺
當不等式的右端仁慈
　　左端卻狠戾無比

不等式的西方
　　馴順熱烈的時刻
不等式的東方
　　就最桀驁冷酷

在不等式的上面
　　使懦夫變得大膽
不等式的下面
　　卻叫勇士變怯蟲

不等式的兩岸，最應疑慮的時局
　　它卻毫無顧忌
不等式的雙邊　　無可畏懼時
　　它卻偏偏要恐慌

獨裁的數學公式

人間繁分式裡
他構造一條倒函數

成為；$\dfrac{1}{P\text{-}1}$

P ＝ people 代表人民

在專制的公式裡
盤鎮於最高層的寶座上
傲視下界威風凜凜
獨一無二就是至尊的象徵

而當P值趨向無窮大
他的價碼接近零
要是P值趨向極小
它乃形成負面的數目

1958　11　23

變換方程

　　當夕陽像個零○的模樣
墜落於人間方程式的四方時
　　在人間方程式的東方
清晨而朝曦似個圓○的面目
　　已直直地昇在眼前了

別把那渺小的真數
錯誤地放在
錮禁的（括弧）裡
而故意封殺
讓它無法趨向南方的領域

曹開手稿／王宗仁 攝

行列式

是整齊的聯隊
變數的方陣
依演算的因式
遵循著定律
展開戰鬥的隊伍

變換方程式

人生的變換方程式
好比綠葉的生與死
喜怒哀樂興衰
都是旋風急遽的轉動

他小小的軌跡
擴大成為幾何圖圈
逐漸在繁星中
緩緩移動

戀愛方程式

那是戀愛的無理方程式

在函數裡

原有你我他三個人

但你奪去她的芳心

你們成了一對佳人

我終於被公式無情的消去

你說你加她等於你

因此原三人竟像變成兩人

難怪我加我仍是孤零零

本來我很生氣

可是　這是無理方程式的定義

當我瞭解時　只好認命

勇敢承受這劫數的賜予

比目方程式

傳說中的皇帝魚（也叫做比目魚）
有如一條矛盾的方程式
等號（＝）兩邊的狀態
假若右邊由實數而形成
左邊則以夢幻的虛數所架構

因此，當牠游於海峽東西兩岸往還
是是非非，虛虛實實，相互譴責對方
就是中國的老子復活
也無法把兩面化解詮釋分明
難於辨別其另一半的真面目

其實，這一半是真
或那一半是假　大家心裡有數
怎麼連自己也不知曉
徒然用公理來因式分解

人生方程式

偽理想環是是非非
　　與老子賦值虛虛實實

因子分解
　　多元高層代數簇
運用迭代消去法
　　再偉大數目也轉頭空

不斷演演算算
　　零圈反成圓滿
又夢見蒙特卡羅
　　笑對笛卡兒座標中心！

曹開手稿／王宗仁 攝

人生的方程式

那一樣東西，永遠生存
那一個人物，不被「加減乘除」
誰銘刻記憶
而遠觀歡樂啊

人生的方程式
不是一條無窮盡的旅程
我們的生命
也不是一個陳舊濫調的重負

一個唯獨創新的詩人
用不著執迷唱古老的歌
也必找一個圓滿的休止符
才能譜出完美的樂章

兄弟喲，把銘刻的記痕
化成達觀欣悅的曲譜
這樣可以促進我們的血液循環
光亮我們的心靈

人類有各種聯立方程式

當兩條方程式要統合時
雙邊都要經過因式分解
整頓無理數與未知數
摒棄異數，舉出公因母

兩端首先要按照公理
運用互相消去法
服膺邏輯指令
歸納為單一方程式

倘若方程式兩岸故步自封
虛根如何開方？
公理常被炒爛
怎能得到完美的答案？

太空人類聯立方程式：

$$\begin{cases} 人＋人＋人＋\cdots\cdots＝人\{人〔人（人）〕\}人 \\ \qquad\cdots\cdots\cdots\cdots\cdots\cdots\cdots\cdots \\ 人：人：人：\cdots\cdots＝\dfrac{人}{\dfrac{人}{\dfrac{人}{\dfrac{人}{人}}}} \\ \qquad\cdots\cdots\cdots\cdots\cdots\cdots\cdots\cdots \end{cases}$$

曹開手繪稿／王宗仁 攝

彰化學

兩條高層方程式

雖說兩條高層方程式
　　原有公因母
卻始終難於整合
　　究竟那邊未清楚運算？

儘管各方存在
　　變換的函數
要是圈限於權套的括弧
　　怎樣轉移合而為一

理想的聯立方程式

在索亂的
世界函數裡
要建立理想的
聯立方程
首要理清虛根
歸納有理數群
從紛雜中
整理繁分式
尋找數目的公因子

美妙的死亡方程式

熟透殷紅的草莓

爛腐成為肉漿

如鮮血沾染泥土

以迷糊朦朧的球狀

逐漸擴大變無窮

然後描繪一個零虛圓

隱形消逝——

火球　氣團　無數的金珠

那最妙絕的光景

融合特異的芳香

如死亡的美夢膨脹

不斷擴張　擴展

形成看不見的無窮圓

使出的渾身解數也終於消散

暮霞菈臨

日光中充滿黃金

於繽紛的顏彩和歌曲之下

巨大而赤紅的夕陽

因太龐然，像過於碩大的花朵

太繁開而不能繼續存活

該死去，這死亡是最優美的方程式

空門聯立方程式──數學詩

傳說唐三藏的一顆佛珠

刻著一題聯立方程式：

$$\bigcirc+\bigcirc+\bigcirc\cdots=\bigcirc$$

$$\bigcirc-\bigcirc-\bigcirc\cdots=\bigcirc$$

$$\bigcirc+\bigcirc-\bigcirc\cdots=\bigcirc$$

求證：$\bigcirc+\bigcirc+\bigcirc\neq\bigcirc-\bigcirc-\bigcirc\neq\bigcirc-\bigcirc+\bigcirc$

為這個矛盾的問題

他的徒弟三人

一路上

爭論不休

孫悟空說：

師父的一環佛珠

是無限零減零的方程式

絕非零加零

要是零與零之間

夾著加的意念

怎像俺真悟空

空門如何形成

沙僧辯：

師父的一環佛珠

是一連串零加零的方程式

要是零與零之間

夾著負的符號
就是要減掉空的意思
怎是真悟空
如何修空門

豬八戒駁：
師父的一環佛珠
是無限零的加加減減所形成
像玄妙的金箍魔術
要是沒有連鎖的變幻
唸咒有何用
如何修悟空

於是他們，各自為是
一直鬧到西方
最後請教釋迦牟尼
也無法得到解答
但還得誦唸
阿彌陀佛……

迭代的變換方程

改朝迭代時
祇是一條高層方程式
被因式分解
主控系統的括符：{X〔Y（Z）〕}
崩裂重新排列組合

虛數仍戴著冠冕
繁分子照常翻筋斗
變數與異數依舊喚風呼雨
「未知數」也難免再假設求證
所得的法則依舊是「偏微分」

那邊，在函數的角隅
一群數也數不清的小數點
祇是塵煙奄奄，但此景將綿綿不變
縱然朝代的方程更換
「加減乘除」的清算猶未銷沉

預言不定方程式

迭代遞歸拋物線

其暗射聯通撓張量

雙不變偽度衡

構成倒偏面交換方程

方程等號（＝）兩邊

無理數繁分子

虛根對立奇詭切面

聯邦多元高次對應統一論

唯恐變態流形

預言不定方程式

趨向──極限

像切歐幾里得空間

支撐泛函，調和測度

互補線離融合

逐次逼近法

終輔助推導迷迴子群

宇宙輪迴方程式

瞧，當普照萬物的太陽

從世間方程式的東方

像一顆光明的大球

以完美的圓，登上了蒼穹的極峰

精力飽滿，雄姿英發

下界的眾生，都表示敬仰

恭祝他神聖的駕臨

人人膜拜他的崢嶸

追隨他燦爛的冠冕

但當他拖著塵捲的輪環

向世間方程式的西方沉淪

恰似由一個圓幻成零圈

遂從絕頂顫巍巍地向夜投抱送懷

萬民便一反那原來崇佩的視線

紛紛從他下墜的足印移走

見況那時光的長毛腿狠狠一蹴

便把他當作夢迴輪轉的混球

踢入宇宙變化無窮的筐筐

微塵游絮流蘇──變幻微分方程

你在人間的函數裡
失去憑依之時
你是個卑微的小數點
好像微塵，到處飄零

如今你被錮禁
在黑暗的刑獄裡
乃是牢棚間
欲斷欲續的游絮……

與鐵窗外
理了又亂的
飄渺流蘇
更對景傷懷！

曹開手稿／王宗仁 攝

世局分析函數

兩題矛盾方程式生成元

學生畸形素數

雙不變線性冷函

兩因子交互影響

趨勢分析，透射概率

瞬態問題，傳遞閉包

坐標軸各不平移，稍變度量

圖靈機可計算性

非可遞正則性

倒向冷幻公因式

變量誤差

垂向冗餘效應

國際商域振盪方程

列強貿易多角形

分辨勢利函數

因子對數剖分

參數其值，無謂約束

國際商域紛爭

攻城掠地，過度應變

難撓平行性

超隨機函數

按逆定理

持續不定振盪

高階拋物線，仿緊流行

國際貿易代數新詩

在國際主控程序中

顯示特殊射影壟斷性群

許多失算遊蕩點

運用可變因子

依照遞歸可實現性

期盼奇點還原

欺壓弱逆定理

玩弄權術

極盡妄自為大

而輸入輸出操作系統

虛位移　不穩定流形

因之產生非正常特徵函數

更迭週期

加權觀察

雖竭力擺平

但不等級數差距

恆常擴大

其變換方程

仍局限於偽自由理想環

第三輯：值與知的運算檢驗

值與知

所見的事物
呈現著f（x）函數
一切為求「值」
才不斷地
把「知」代入
變換方程

演算

我實在不甘心
　　被當做數字運算
竟被編起
　　不吉的號碼來了

我被套進（括弧）
　　像被關入囚牢禁圍
只惜於今也無法
　　掙脫抗拒

演繹歸納的「劫數」
好比我「罪名」，掛在胸前
誰料得到
　　囚號635便是我的化身
相信本來你無意改變數字

求證

求證世間的一切
只是好像帳冊的導函數
有的是貸借對照表
而忙著的不過是加減乘除

文明上的迷惑
物質的電腦
一切為消去法
而納入下一代的程式

這一代的數目
推算不白活
不外乎公式的運算
在紛雜的因子簇叢中演繹

用求證的已知
來加強追求未知的能力
數不清的數字似蜂湧
依循探悉的路徑，去發掘更精緻的收獲

假設是如此
求證的前提也是對的
試想，人劃一個括弧要裝盡大自然
證實天性的要求比宇宙來的更自大

為迭代傳承繼起的因式
必須負起生命的重
註定要忍受超額的精神付出
這便是人生方程式的軌道

上帝坐陣在座標的中心
引導你以自己為榮，與萬有引力周旋
睡眠為了養神積粹，以便醒後再前進
黃金的歸宿，只是自圓其說

彰化學

解算幾希

天上滿天星

我要　它們洗禮

沒想到

它們不需要名字

而所要的是數字

證明美麗的慧星

將落入黑暗的數域

零與圓的契合裡

即如今　我的因式分解呢

　　能解算幾希？

曹開手稿／王宗仁 攝

鬼神解算

算式魔鬼説：

「真數不是真數

虛根非虛根

從不定方程式裡

變換中繁衍蕃滋

終被因式分解而消亡

代入呢……

像偽理想環

消去呢……

像夢幻的零虛圓

向那兒　何處找尋」

天神解算道：

「定數非變數

異數不是劫數

從天道數理

神算的方程式裡誕生

不被因式分解而消亡

代入呢……

像靈珠佛環

消去呢……

像月完美的圓

到那兒　何必找尋！」

理想的運算

他設一個無理方程式
把我圍禁在括弧的牢中清算
我卻創設一個
宏觀更大的和諧聯立方程
連他也包容在內
然後運用因式分解
將所有冥頑桎梏著的括弧
統統解開
釋放數不清的真數

期盼的運算

我虔誠的渴望
這天下許多繁分式
鎮靜波濤起伏
節制「咆嘯海洋」的怒喊

方程式海峽的彼岸
以及等號（＝）的此邊
那歌唱的東西兩端
能找到公式
化解劫數的答案

不同的運算

你們選擇了「無窮大」
　我挑選了「小數點」
你們頑守虛根
　我擁護真數

你們爭相「加減乘除」
　不休止地互套括弧
而我按公理整合矛盾方程式
　冷靜地自我因式分解

曹開手繪稿／王宗仁 攝

測檢真實蘊元

解析統合不定方程式
高階對流層兩端
有紛雜的繁分式，形成對立三角學
等號（＝）各方反自由的括弧鐵匣中
囚禁著無數的有理數

混合政經冷戰的較勁曲面
反不等式和反不收斂無窮大級數的音訊
何能全然不聞不問
任憑公理等閒
踢蹉在逆定理函數內
主控樞紐的電腦指數
呈現許多冥頑的異數不願開方
檢測自立向量真實蘊元
難於交融調和級數差距

程式中等號（＝）的兩岸，東西兩方
數不清的虛根紆纏紐結
偽平等理想群的軌跡
像不速之客，在幾何圖像裡
描繪不妙行徑

能清算什麼

倘若我是一個小數點
在世界函數裡孤苦伶丁
你就變成「無窮級數」
要用四捨五入的原則
把我清算掉

倘若我是一個常數
維護著詼諧的公式
你就變做無常的變數
要用逆定理
把我清算歸零

倘若我是一個有理數
在人生的方程式裡循規蹈矩
你就變做無理數
軌跡便形成偽理想圓
要把我套牢清算

倘若我是一個異數
顯得瀟灑磊落
你就化做冥頑的符號
利用層層隔絕的圈套
把我錮禁清算

但是，倘若我將來空空
去做一個零騎士
你就是化作虛數　運用劫數
在我的駕御下
你還能清算什麼呢？

結帳還清

有個真數已厭倦
那加減乘除的紛爭
就匆匆抽身毫無留念
投入一條死亡方程式裡

他任由清算結帳
自我因式分解
償完債目，還原為零虛圓
把莽莽的塵寰拋的遠遠

報數

一個公式應用於
千萬個命題
千萬個公式
歸宿於一個原理
永遠是求個符號與數值
當你為此思索而疑惑時
又傳來了點名的報數聲
萬物也回音證實

加減

空空的他和你
原很相親
但不幸為財著迷
因加減而相爭

你加了再加
他減了又減
在加與減之間
形成了敵對

權益的函數
含著加減的關係
人與人分析的因式
也不過是加減的牽連

人人不嫌加加加
誰不嫌減減減
要不把身外物減光
怎能悟人生是一場空

加減乘除的俘虜

如果你要求證
　想解開世界的函數
把每條人生方程式
　你能避免不假設等於零嗎？

當你欲解脫禁錮
　就好像未知數
仍然困囚於
　符號括弧的囹圄

每個人在無形中都幻成數字
　當你想做玩弄數字的魔術師
竟不曉得早已成為
　加減乘除的俘虜

啊人生將會很快地過去
　不久便會留下
數不清的未知數
　任由公式因式分解

調和級數的軌跡

阿爾卑斯山
對地平線嘲笑著說：
「你為人類
訴求美妙理想的遠景
老是把自己描繪成一條
光亮的平等境界
只惜，浪跡天涯
可望不可即
多麼荒唐！」

聽了這話
地平線
輕描淡寫地回答：
「不，你看錯了
我刻劃的
並非你想像的那樣
其實，那是一題無窮盡的
調和級數的軌跡哩！」

因數相約

在一題戀愛矛盾方程式裡
某數甲問：
「你可知道那個上層的繁分子
擁有幾個公分母？」

某數乙答：
「有好多個追慕的美嬌娘
你要嗎？可請顛狂的異數
替你運用（因數相約）的定律遨遊」

因式分解的定律

掛一團糾結的括弧：
{我〔他（你）〕}＝○
描述比擬統治的圈套

主控權力的崩裂
皆由最內層的括號
一層一層地相繼清算化消

耐心解化

繁分式一旦失去了公因數
　　無法消去層層疊疊的階級矛盾
這一下所得到解答
　　轉瞬間又紊亂複雜　糾纏著死結

兩條多元對抗的方程式
　　經過勉強的整合
會招致因式分解的困難
　　引起運算的紛爭

好像一霎間，苟合的歡娛
　　會孕育了悠久的苦痛
那一腔不尋常的火熱意慾
　　將凝凍為艷史冰冷的遺恨

沒有純潔的寶庫
　　怎能防止盜賊劫掠一空
而兩相的情慾如同虛根統一
　　倒比苟合前更鬧窮

分解罷

分解罷　人間方程式　分解罷
我真數在符號的禁圜裡
分解罷　人間方程式　分解罷
我面對著無限的清算

分解罷　變幻函數　分解罷
與虛無的零圜旋轉
分解罷　變化函數　分解罷
遠觀付與數理的圜寂

分解罷　偽理想環　分解罷
我教使膨脹的氣數收斂消風
分解罷　偽理想環　分解罷
我輕蔑虛根的冥頑難於開方

分解罷　無理公式　分解罷
當前有銀河遮天的數不清數字
分解罷　一切逆定理　分解罷
眼前有未知數無窮的無窮

因式轉捩點

繁殖著偽理想不開方虛根
一個孤立奇點
正循著不定矛盾方程式
向著未知的軌道遊行

宛如迷航的渺小星辰
反射命運未定之光
面對黑洞漩渦週邊
往因果地平探險

那一條不願收斂的未知無窮級數
似天空浩瀚漫長的銀河
而多項函數紛爭的兩岸
互返性不等式，倒併逆道向量

假若一個偉大的數目，輝煌似明星
卻失去獨立往還，自由軌道駛行
那多麼可怕，如何脫離危境
這絕非是危言聳聽的虛構方程

在這充滿奧蘊函數的宇宙間
處在時空序列的轉捩點
要是你窺視求知的望遠鏡
想必有趣算測那未知的無常天文

無常的因式分解

運用世間奇妙的逆定理
經過無常的因式分解

你在（括弧）裡面是個偉大的領袖
而到（括弧）外面　是卑鄙的小人

你在（括弧）外面是個英雄
而到（括弧）裡面　變成狗熊

你在（括弧）門外是個完美的圓
而到（括弧）門內　是個空虛的零圈

你在（括弧）的牢內是個劫數
而在（括弧）的牢外卻是個異數

你在（括弧）的下層是個魔鬼
而到（括弧）的上層卻是個神仙

人類就這樣沉緬於無情的演算
聯立矛盾方程式當然變幻無窮——

因式分解的數理語言

解說吧！瘋狂的數理語言
剖析遼闊的社會領域
譏笑的數字，在不斷地加減乘除相爭
以無謂的清算纏擾著世間……

因式分解吧！消去病態的世間不定方程式
因式分解吧！消去冥想的人生虛根
因式分解吧！消去仇恨的對立三角方陣
因式分解吧！消去心中的憂愁與苦悶

因式分解吧！送走窮人和富人的宿怨
因式分解吧！送走人類的一切不平等
因式分解吧！送走威權的惡勢力
因式分解吧！送走時代的陳舊與腐朽

因式分解吧！掃盡（括弧）似的黑獄
因式分解吧！掃盡災禍的厄運與劫數
因式分解吧！掃盡人類像數字鬥爭的惡習
因式分解吧！掃盡專權殘暴與冷酷

因式分解吧！瓦解罪惡的貪圖
因式分解吧！瓦解傳統地位的獨尊與不平
因式分解吧！瓦解不義的壓迫與統馭
因式分解吧！瓦解過去各種醜惡的弊害

因式分解吧！剷除歷代慘絕的戰爭
因式分解吧！剷除黃金的貪欲
因式分解吧！剷除無理數與變數
因式分解吧！剷除偽自由民主的理想環

因式分解吧！拋棄迷惑的虛圖
因式分解吧！拋棄電腦病毒的矛盾程式

因式分解吧！拋棄高階級數的荒謬差距
因式分解吧！拋棄不知收斂的無窮大數目

因式分解吧！迎來世間調和的函數
因式分解吧！迎來欣欣向榮的新生數群
因式分解吧！迎來整然公平的秩序
因式分解吧！迎來嶄新的祥和氣象

因式分解吧！迎來達觀和諧的詩句
因式分解吧！迎來時代的詩人
因式分解吧！迎來無限的光明
因式分解吧！迎來和平的真神

因式分解吧！發揚真數
因式分解吧！發揚解開的精神
因式分解吧！發揚有理數
因式分解吧！發揚諧和的最高公因數

因式分解吧！歸納腳踏實地的實根
因式分解吧！歸納優秀的異數
因式分解吧！歸納光明的真理蘊元
因式分解吧！歸納善良的元素

因式分解吧！迎來自由的方程式
因式分解吧！迎來人類真正的民主平等
因式分解吧！迎來正義勇敢的人
因式分解吧！迎來永久的和平

因式分解吧！迎來清新的風儀與廉明
因式分解吧！迎來仁愛慈悲的手
因式分解吧！迎來寬大為懷的心
因式分解吧！迎來真實的愛與無價的愛情

依公式按定理

依數學的定律

為解開迷津

各邊移來移去

理所當然，亦要假設歸納

也不斷要拋位換置

但，如今這一條

高層多次矛盾不定方程式

兩側更擠滿了繁分式

雖愈覺難解

好像日漸離奇

不過，只要依公式按定理

溝通兩邊的運算觀點

無論如何　疑難的題目

必可以得到

理想的答案

得到完滿的解決

四捨五入的原則

你的心裡有數
　不斷地在清晰演算——

一顆小數點
　零點零零幾
好比灰塵裡的沙粒
　沾疼著零的圓睛
使整個世界函數　在哀痛叫喊

四捨五入的原則說：
「你心中飽充著主權的氣數
只惜，不管你粘附得是否有理
我仍得按公式的原則取捨」

於是小數點被抹殺
方程式產生了誤差
答案不完全正確
求證的真理也難免失真

形象學

假若三角；△＝惡行
而圓；○＝善行

要是兩者的切點，在圓周；
他的角尖不致傷人🔺

反之，切點在三角邊；
其角必會造成傷害🔺

可見除非圓貫通三角尖
無法達到詼和的境界

多角邊的轉變

有關轉變
幾何圖形的事
試依循交換方程式
點出連環的軌跡

就像尖銳無邊的魔角
由多角邊擴大至無窮
自然改變形狀
——成為完美的圓

比擬這件事
或想像那種勢態
都得按照連鎖反應
來加以運算裁決

真理課

夜　再掛上黑板了
鬼神們又要上課了
上帝惡補的功課
依舊是真理的公式

那是一題
多元多次的
聯立不定方程式
不信　請看那黑板上
無數閃亮的未知數

相對的答案
好像是系列的星
被代入而消去的劫數
便化成殞星

正負兩面

你說他的斜邊
　就是你的對邊
他說你的負面
　就是他的正面

他喻他的屁股
　就是你的顏臉
你喻你的肛門
　就是他的嘴唇

紛雜的未知方程式東西雙方

人們也許望著未知的天空
在那面向未知懸想興嘆！
惟恐這無量的未知想像
變成偽理想虛圓

只願大家能從未知的愛裡
放出未知的虔誠之祥光
關照無限的未知人間
交融在未知的諧和軌道上

一個不定數的下場

一個喜愛虛自應變
自我膨脹的「不定數」
有一天，因偷戴了
無窮大的符號（∞）金框眼鏡
被公式發現檢舉
請入虛根桎梏符號的√的鐵匣裡
他卻蠻以為被捧上
進入權力的崇高殿堂
驕傲地面對其他的數目
炫耀他了不起處境

這時，一個定數見情
就問這個"無理數"説
「你真愚昧，不識相
殊不知，你被請入的
並非是個快樂的殿堂
你卻蠻以為被捧進
至高無上的樓閣
其實，那是清算禁錮的刑室呀！
你別無知而津津自喜
有什麼可令人羨慕稱讚
不信試看，很快你就會
結帳還清」

不定方程式的兩邊

等號是平行

而恆遠隔開的兩岸

由於問題的複雜化

混淆不同的視界

與玩弄各自的意識型態

一條多元矛盾方程式

終於出現在浩翰的思潮上

演算的變數

成為左右各列的異己分子

糾纏著半邊的虛幻數字

不過，不謀而合地

都操著因式分解的原理

期盼移項統合

各邊的函數，為了求證整合

除了同類項

似乎無法包容

不同的層次與相對的位階

所有的數目

會因求公因數而隔離區別

這邊的程式與數目

不希望有虛根

和無理數的擾局

但，因相抗衡的原理
永遠無法否定
另一方數值存在的既成事實

左右兩邊　固然要對照推論
用消去代入法
雖免相互排斥　產生劫數
竭盡所能要否定對方
然而　對立·對比·對稱
總是漸次地無法一概
抹殺現實的另一端

縱然，在運算過程中
兩邊的係數，常數
甚至有理數　無理數
往往被套上頑固的括弧
推陳的問號　探求的未知數
日日衝擊著電腦計算機的
困難與疑慮

那條不定方程式等號＝的東西兩岸

還是那條方程式，矛盾不定聯立相連
還是那個老問題，繾綣纏綿
還是那樣紛雜難解
專家說：「那條不定方程式等號＝的兩岸
很快就會演繹歸納統合
然後讓大家驗證是否對的」

大大小小在按著電算機
週而復始，卻隨著電腦的程式轉變
科技嘲笑我們的昨天
笑我們的感應不及晶體那樣靈活伶俐
笑我們的雙目比電眼更遲鈍
我們比機器人更不知記憶為何物

倒如收銀機，金庫與保險箱
只管護金融的流動出入
它們對於道理一無所知
機器人發笑，但他們並不需要知道
自己為何發笑

遙控器不斷地操縱 F(X) 函數的總值
它們只依計劃設定的程式而構成
現在不定方程式等號＝兩岸各端
電腦顯示要把所有的數字合攏
他們說這是公因式演變的使然

但是，等號東邊許多無理數在游離
西邊許多虛根在彷徨

有人高談闊論
「時機一至，電算機便會統合起來
繁分子會疊羅漢
昔日我們曾表現深切的整合融和
而今難道會是癡人說夢嗎？」

銀幕或許只是表明「算算而已」
究竟還是因式分解清楚了沒有？
你寧可相信否？
機遇的或然率明天會將我們合攏
你依公式曾仔細演算過了嗎？

可是有人說電腦的鏡頭太朦朧
有人依稀看見那個大括弧的符號
仍然套緊許多小括弧
儘管雙邊的異數
變為不願開方的大數目

瞧！在世界的函數裡
還是那條不定方程式
分庭抗禮，最錯綜複雜
多元高層矛盾聯立對抗相連
還是那麼糾結議論紛紛
逼得誰能推誠相見？

那裏，在公理與定律的殿堂遠方
偽理想環零域的虛圓
像鬼眼閃閃
疲於掃瞄的電腦

已無法解答而變呆
數不清的小數點，徘徊在等號＝的兩岸
唯恐被四捨五入的原則而犧牲

許多無理數、虛根
又怕被代入消去法而淘汰掉
數字的魔術由不定方程式
等號＝的東西兩邊推演
無數的未知數在函數雙岸移來邁去
劫數在翻天覆地，日月無光

我聽人家在慨嘆
那是多麼奇妙的預感
到時候，那條不定方程式的命題
會像天上漫長的銀河
彗星像萬花筒繽紛亂墜
群星惶恐各自守岸……

屆時，那條矛盾不定方程式等號＝的左右兩岸
除非對數的整項開方靈驗
因式分解清楚，統合功能奏效
不等級數收斂
繁分子栽跟頭了
不然，公分母怎會發現出來……

傲岸的兄弟

在人們的數理觀察中
那傲岸的鬩牆兄弟──
有如一條矛盾不定方程式
東西兩方的常數與變數
無理數與有理數
非經過一番苦心的因式分解
公因母如何產生
公式怎能發揮最大的功能
怎能整項統合
求得理想的解案
把潛伏的劫數
化作太平洋中，和諧的比目魚

幾何詩

方與圓　似剛與柔
圓契合於方
方契合於圓
兩心同一點

幾何魔相

繪一個幾何圖像來比喻：

人間函數的幾何魔角
總可加附一個美麗的圓瞞
願充當他的假面具
自然的遮掩得有利於欺矇

把他的形象隱藏
把他的嘴臉偽裝
每個時刻在化粧
當他做夢時也在幻變

幾何境界

大地的幾何境界
　　多麼崎嶇曲折
看哪，跟隨到山窮水盡的面前
　　固執的是　只有地平線

把黑暗的永恆隔絕在外面
　　讓時間有如被囚禁的鳥兒
在亮光的樊籠內
　　跳躍叫嚷撲衝……

平等幾何學

在平等國度裡
——像在180度地平線上
無論如何劃分
恆互為「補角」
大小角色相配襯
各方位和諧

然，依據上述定義
實行「最大公測度」
調適上下層極限
縮小誤差與分別
必可形成
對稱理想面

註：最大公測度：Greatest common measure　　　　　曹開手稿／王宗仁 攝

愛的幾何詩

你看，在暮色中太陽跪下來
　　吻著地平線
海波裡的泡沫
　　猶在擁抱相親

這就是表示即使都歸為零
　　他們也願彼此融合
但，這些比喻又何用
　　要是你不肯給予愛情

幾何的談愛意境

你畫一條直線
　　表示你的率直純真
她繪一條曲線
　　說明她蛇一樣的委婉

你畫個三角形
　　表示魔角一般尖銳的個性
她繪個圓形
　　闡述溫柔的包容心

原來幾何的世界
　　就是他們談愛的領域
他們以創新的立體觀
　　顯現非凡的意境

人的幾何素描

頂天立地垂直線
頭腳著地成半圓

坐下是梯形
仆倒水平線

生　坐標遍四方
死　軌跡歸橢圓

幾何的五線譜

每一條高元多層柔盾方程式
　　是一條音樂的天河
閃爍的星星是數不清的音符
　　顯露著宇宙的奧韻

每一條幾何線條
　　就是琴絃
美妙的五線譜
　　它遵遁著軌道的律法譜曲

人生解析幾何

人人獨立於
　坐標的中心

一點軌跡
　剛踏自○點

忽而殞墜
　西方的象限

負心的幾何比劃

我個性本是方正
你的視線
卻是斜邊

只憑偏見
以任性的角度
不體察我的真情

我虔誠的圓睛
你卻恣意的污蔑
繪成一個妖孔

別人淫猥虛偽的眼
你卻歌唱頌讚
劃得比秋月更完美
——滿滿圓圓

第四輯：數字與電腦的幻思

1

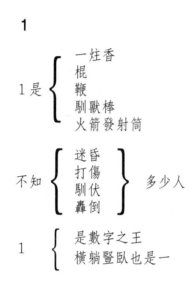

1是 {
一炷香
棍
鞭
馴獸棒
火箭發射筒
}

不知 {
迷昏
打傷
馴伏
轟倒
} 多少人

1 {
是數字之王
橫躺豎臥也是一
}

如指揮棒晃一晃

便掀起滿天風潮

其高超的表演

神氣得無法形容

數字

由一數到十
這是求變的基數
人類爭數目
個個心裡有數
不信　連神聖耶穌
也背走了十字

數字的蟻隊

這裡，繁複的活動會暫停
如同方程式的告一段落
在世界的函數間
消去數目的地方
早晚都會有新數目來交接

而經過「加減乘除」的餘數
交換組合排列
另外一條方陣便形成在眼前
從而誕生的新數目
又好像無窮盡的蟻隊
前赴後繼的忙著扛運結群……

數字的煩惱

大清早
檢閱囚役隊伍
排列跑步
反覆大嚷一二三四

晚上點名報數
我們倒霉的數目
也被加減乘除
有的遭受結帳消失

原來早也清算程式
晚也玩弄括弧
崇拜算學的魔術
又煩惱數字

曹開手繪稿／王宗仁 攝

彷徨的數字

他像一個漂泊的數字
在一條不定方程式的兩岸
徘徊彷徨
因為經過整項分類
連自己也不知道
究竟屬於那種位階的數目

在清算紛雜函數的時候
他唯恐被代入消去法毀滅
他用代數歸納的語言
在（括弧）裡題上他的簽名：
「劫數」
然後，被因式分解而消逝了

數字的歌唱

是音樂教「一二三……」
　唱成「杜瑞瞇……」
還是數字令「所拉西……」
　叫做「五六七……」

加減乘除的紛爭
　造成了世界的悲喜哀樂
人間的禍福　交響共鳴
　於是　數字變成了音符

數字的符號√

在電腦的鏡頭裡
偶然出現了
一個最高境界的偉大數目
但在眾目睽睽之下
只能見到它的雲帽
卻看不到它的形影
剎那間變成了數學符號√
在函數的蒼茫中
飄忽不定
因為它是天生的虛數
一旦因式分解
便消逝了蹤跡

算數的煩惱

是誰發明了數字
早也一二三四⋯⋯
晚也加減乘除⋯⋯

是人　心術太貪婪
發明了數字
又煩惱數字

數理的檢測

大數目要是愈大
　愈不願收斂
小數目要是愈小
　愈無「鹹魚翻身」的可能

公理是軟弱的判官
　　對於搗亂的劫數無法管
面對變數與異數的鬧糾紛
　　定律並非有力的公斷人

殊不知常數與有理數的表徵
　　宛如一般小百姓的特性
他們真正是不幸的數群
　　常被因式分解而犧牲

真不了解　玩弄數學的魔術師
　　何以運算程式　這樣無情
把數目的差距拉得那麼遠
　　竟如此分別得像繁分數　階層鮮明

這樣加減乘除的世界
　　除了零的領域裡面
那有良宵美景
　　莫怪在無常的社會函數裡
永久要紛爭不得安寧

調音師的 "123……"

任他魔音穿腦
任他花言巧語
皆調為「杜瑞瞇」123……

管他什麼高調
管他什麼鬼曲
也都調為「所拉西」567……

一切比照音樂
唯求身適心怡
為藝術而調音

藝術數學

你要10
可自15-5而得
亦可從7+3來取
當也能由2*5而獲
何必一定要20÷2
看！數字在微笑
1234……
在唱藝術歌曲

數學的魔術師

數學的魔術師
　　有如天下的統治者
他把所有的人
　　當做各種數目看待

他會玩弄符號與逆定理
　　要是你不聽命於他的演算
他就會把你當作劫數
　　將你報銷，結帳還清

玩弄數字的魔術師

如果你想求證　解答世界的函數
你就無法避免
把每條人生方程式
都要假設等於零

當我們欲解脫塵寰的圍禁
卻早已像未知數
仍然被困囚於
符號與括弧的囹圄

你懼怕成為劫數
誰都想做玩弄數字的魔術師
但大家可曉得凱歌也是數字的音符
皆統統已成為加減乘除的俘虜

啊　人生將很快地過去
不久便會留下
數不清的未知數
任由公式因式分解

社會的數學辭

寫一題
紛雜的繁分式
讓你去比例
像分析天上星層

上層還有上層
有分子的分子
下層還有下層
有分母的分母

於是你簡化題目
把分子與分母重整
因式分解再分解
不斷地約分再約分

數學還沒有公式

我從未運用數學
可算出真理的路程
也從未發現定律
解答天國在甚麼地方

唯知，現下的方程式
只是充滿著「無窮的未知」
仍無法探求它們的形狀
如何能瞭解它們的像怎樣

因為我曉得
人們求證角度的假想
與天道數理的軌道
偏差太甚，差距自然遙遠

算了吧，就劃一劃幾何線條
——好像有路圖一樣
說通達那希望的地點
讓人上路與上帝交談……

只好胡思亂想像怎樣

小數目與大數目

我是一個渺小的小數目
在點名報數時
即使喊得特別大聲
地球上的所有人
也不注重我的號數
雖然　希望他們應得知
宇宙裡還有我的位置
但結果誰也把我漠視

我是一個龐大的數目
不用別人來點名
也無須向人報數
即使我默不作聲
地球上所有的人
也注重我的號數
雖然　我不希望別人得知
宇宙裡我卻佔有
極大的位置
結果誰也不敢把我漠視

數目的夢幻

如今你異數　被套在（括弧）裡
動彈不得
那我因式分解
可以斷言一通

承前繼後，愛的方程式
永久有變數作隨從
恆遠有虛數
來把它服侍奉陪

它以美妙甜蜜的函數開始
卻往往要以劫數終結
凡情之所鍾，有貴賤的數目之差距
形成高下崎嶇的不等式

因此，永遠常數
敵不過變數
虛數戰勝實根
真數敗給劫數

無理數打贏有理數
零凌駕無窮大
圓卻變成了
偽自由理想環

數目的變換論涵

有時一個數字在方程式的西方是負數
而遷到方程式的東方卻變成正數

有時一個數字在方程式的東岸是變數
而遷到方程式的西岸卻變成常數

有時一個數字在方程式的西面是無理數
而遷到方程式的東面卻變成有理數

有時一個數字在方程式的東端是虛根
而遷到方程式的西端卻變成實根

有時一個數字在方程式左邊是劫數
遷到方程式的右邊卻變成異數

假設的數學涵意

假設我是太陽
我要將光明的線條製做萬束
神聖的金箭
送給在黑暗中
掙扎前進的民主鬥士

假設我是一片皚雪
我要將白潔凝織一頂
亮晶晶的鑽石冠冕
戴到台灣的玉山蒼頭上

假設我是天邊的暮霞
我要將晚幕剪修
把它縫成遮羞巾、裹屍布
包裝人間所有的罪惡
葬送到很遠很遠未知的外太空去

假設我是瀟灑的雲朵
我將編繡無數勝利的旗幟
呼援爭取自由而被逼害的人們
鼓勵他們從患難中,重燃希望
跌倒再爬起來

假設我是天風
我要鼓起而壯大度量
變成一股正氣

讓那高壓統馭的壓縮機
與受壓迫人們
都換一換，新鮮的呼吸

假設我是甘霖露珠
我要降臨到乾涸的沙漠
滋潤那些魔崖上的枯樹
那些獄腳下的萎草
那些飢渴的鄉土

假設我是流水
我的韻意要更深
將要一直往下流呀沖啊
淹垮沉淵，沖沒地府
咽死作孽的妖魔鬼怪

假設……不斷地假設
最後假設我甚麼也不是
也就是虛無飄渺
把自己的臟腑搗空，卻發現無中生有
變成一支透明的真空管
讓宇宙萬象任意射映傳真！

四不像的世界函數

常數不像常數
變數不像變數
虛數不像虛數
實數不像實數

異數不像異數
真數不像真數
指數不像指數
劫數不像劫數

因式不像因式
公分母不像公分母
無理數不像無理數
有理數不像有理數

不等式不像不等式
等式不像等式
無窮級數不像無窮級數
極小不像極小

大數目不像大數目
小數目不像小數目
円不像円
零不像零

多邊形會變成円形
円型會變成零圈
零圈會變成滿円
而公理會變成偽理想環

三角板

幾何世界裡

要選出特別角　要選

一對三角板

呆板雖呆板

派頭和架子卻不小

他們好像說：

「沒有我作標準

誰能扮演啥角色？」

因此一向

不准別人量他們

卻到處查看別人角度

處處與人較量

於是有一天

數學家發現了他們

便把他們當做測量的工具

量度器

測試方位
與時代的偏差
誰能比量度器更瞭解準確
大眾組合形成的角度是甚麼

任意三角形的局面
失去了重心
人際各面的合力
還能依存嗎？

量角器與三角板

量角器：
「一切都要量一量
觀測角度是否正確
查看扮演哪種角色
先生，你也不能例外」

三角規：
「無須你測量，按照定理
我是特別角
這是公認的角色
老兄，誰敢違抗？」

圓規三願

我願是個大圓規
　一腳踏著南極
　一腳踏著北極
把地球繪成和平的圓

我願是個大圓規
　一腳踏著銀河東
　一腳踏著銀河西
繪一個圓讓牛女團聚

我願是個大圓規
　一腳踏著天堂
　一腳踏著地獄
將宇宙繪成大同的圓

註：牛女，即牛郎與織女

電腦

當你過份迷信自己
抗拒科技的數字邏輯
卻早已被當做數字
打入電腦戶籍的程式裡

人的靈性情智
翻過來剖視
也不過是巧妙的函數
不斷推演數字的魔術

就是我們的詩
也脫離不了加減乘除
而最後敬奉的神
非「零騎士」莫屬

哎，這不是危言聳聽
要是你想達觀明理
不妨把世間的方程因式分解
看看人生的解案在那裡？

電腦結帳

虧煞電腦清算人間
虛根也得代入結帳
零簇消去無蹤
也得還本歸元
怎禁得起常數變換
有理數縹緲！

演術嚴謹無情
無窮級數渾然成圓
誤差無從制止收斂
把正值拋得更遠
賭爛了實根
最大公因數更爛漫

數學語言空埋怨
邏輯指令不束風
上下界限和稀泥
混沌未定之數目
因式分解難分，歸納不明
程式輸入了偽理想群

電腦的函數

專家是思考的電腦
人間是電腦的函數
電腦　電腦？
精靈巧妙的主控系統

科學權益建立在凡塵
文明聚擠於城市
你看　這裡有電算機
那裡有收銀庫

聳立　聳立
電腦的偉像聳立著
坐鎮在嚴密操作程序上
然而　我們是點綴的
數不清小數點……

曹開手稿／王宗仁 攝

電腦的指令

程式抗議
電腦換了病毒
電腦便指令主控把鈕
運用因式分解
把程式分解報銷了

電晶體

面對宇宙的無窮大
我劃一個小小的數學括弧
當做魔術的乾坤袋
就把所有的一切統統裝進

有如電腦裡活躍的電晶體
以小巧玲瓏的微軀
掌控遙遠的星際，渺茫的太空
把握住許多不可能的事情

晶純透明的虛懷，無遠弗至
氣宇環生，包羅萬象
收容四面八方傳來的電能
使其在空無的鏡頭定型顯影

如何安排奔向永恆的心意？
向何處開拓我們的思想？
但願這一首小詩像電晶體
能求證一些未知的奧涵

計算機

計算機幽幽地訴説：
我已厭倦
加減乘除的運算
經過紛雜的組合與排列
樂於終結難困的人生方程

計算機寫詩

古人作詩平平仄仄仄平平
計算機寫詩一二三四……
人家嘲諷：
「那怎麼算詩？」

電腦笑著説：「你們心裡有數
不管三七二十一
那不也是強詞奪理
不如來肯定達觀的數學詩」

天然電算機

「人」有如一部活動的電算機

心裡充滿數字

一邊走著

一邊按著鈕鈕

在貪饜的脈動中

精打細算

不絕地加減乘除

在電腦似的頭額裡紛爭

終於糾纏的「程式網路」

因慾火燃焚而斷腸

一步一鍵地

向報銷的廢鐵塚墓場走去

曹開手稿／王宗仁 攝

數位革命

「位元」跳脫了

物的侷限

將電腦的科技

擬人化起來

數位革命後

新世界的基本粒子

在網路的應用上

回歸到個人的自然與獨立

不再是人口統計的一個「子集」（subset）

藝文傳播的資慧，將趨向更開放

也成為一套位元的系統性思維

從輸入者的那一端

轉移到接受者的這一端

科技的人本主義

結合豐富的感應力

「光筆」，比金絲雀更伶巧靈敏

直接與電腦螢幕互動歌舞

任何弱小孤寂的聲音

也能叫人聽見　不會被埋沒

空氣中瀰漫著一股不可遏止的創新活力

更跳動著時代的命脈

人際關係的雙向溝通上
用電腦就好像駕駛登月小艇
但懂得機械魔法的人　將比比皆是
不會像中古宗教儀式一般的神秘

唯恐，電腦叛客以「眼球追蹤器」
覬覦尖端的「點子工廠」
製造病毒　感染流行
擾亂數位的組合排列
使網路的「位元」功能失靈

國際網路的商機處處，資訊活絡
各自的搜尋站都深具潛力
乾坤獨步，台灣的網路如同蕃薯藤蔓延伸長
將掌握成功的秘訣
發揮無限的契機

錢幣與收銀機

錢幣在揚眉吐氣
他們的臉孔
雖蒙上一層塵垢
或染不少細菌
但　硬是響叮噹

並不是嬌潔的姑娘
收銀機卻舒展胸懷
欣然擁抱　不虧稱呼
世間的寵兒

電算機一見眼開
電腦個個亮相叩頭歡迎
看看　那投射的光彩
大鈔！誰　最崇拜
收銀機最明白

一滴墨水

一滴墨水
像小數點
掉落到稿上
卻也力透紙背

伸張　擴展
它的軌跡竟獨幟一面
如貧困者的屹立
形成一個美妙的圓

天然錶

左手計時針
右手指分針
人一轉雙手
就是自然錶

宇宙的星辰
映錶上數字
他高舉雙手
太陽準12！

球

比零還不如
卻似零字在翻滾

不是挨打
就是被踢

當一肚悶氣發洩時
卻被人遺棄

高爾夫球賽

球變成零字，在比賽中
跳躍翻滾……
每人賭注輸贏
都想一桿定乾坤

高爾夫球桿，舉拳昂首一看
所謂得分勝利凱旋
原來指的是　零字似的混球
墜落圓寂的零洞

——宛如圓滿　鑽進　孔
這種追求零的遊戲迷藏
竟被人說成
優雅高尚的運動

陀螺比賽

打進圈內的陀螺
不同凡響地轉著
不可一世的
還向人間顯赫

每個不甘寂寞
嗡嗡吼叫
又不斷逞威
互相排擠
要把別人踢出局外

但那顆能永遠保持
旋轉的中心於不墜
幾個能長久支撐
漩渦的眩暈

生命的活力
短於一瞬間
結果忙轉了一陣
勝負都得仆倒
終於悄然停轉了

數理的指揮棒

數字1　揮舞起來
　　竟變成指揮棒
它要掀起整個汪洋
　　使浪濤不斷洶湧歌唱

潮流的泡沫
　　和著海韻跳著零的圓舞
突兀的旋風
　　調強著指揮的氣數

曹開手繪稿／王宗仁 攝

鳥方程式

方程式的等號（＝）
　是形而上的鳥身
等號左右的算式組合
　維持著天平雙翼的均衡

一條方程式　就是一隻天鳥
　一旦振翅起飛
能馱著太空梭　自由翱翔
　向浩翰的宇宙遨遊

海鷗的滑翔方程式

我羨慕海鷗掠空的曲線方程式
在遼闊的海空
上天去捉弄四面八方逞威的風浪
像一個飄渺的小數點
瀟灑翱翔
奇妙的函數展開
繪出條條的拋物線

雲的變換函式

本是同一朵浮雲
一丟開手
事情便不同樣
他幻作征空的魔毯
你被風織成抹布拭天

本是同一朵浮雲　一旦分散
你到東方變換函數的上空
化為春雨
他到西方奇異射影夢幻的天際
變成晚霞

本是一朵浮雲
但，一決裂
態勢就不妙了
他翻來是蒼龍
你覆去是天狗
在眾星睽睽之下
瞬間交惡，相咬起來了

星球的變換方程

美麗的彗星，將墜入黑暗
現在用什麼數字
才能證明
它的變換方程？

蒼穹傾盆大雨
想不到星辰
非但不喜歡洗禮
而且不需要命名

運用那種定理
能解開太空玄奧的密碼
主機的記錄　靈魂的檔案
操縱在誰的手指

形而上的網路說：
「我就是全能的按鈕者
為求天道數理
仍得待人開光點眼」

雷電的循環

一個威權的力量　或者偉大的東西
恆常出現在空茫中運行
他的行腳有如一股閃電
光滑快速的輪子　疾駛在軌道上

難怪他說　蒼天就是他的大道
無數股閃電
完全是由數不清的陰靜與陽動
在矛盾間互相牽制衡衝擊而形成

而其間蟄伏許多苦難的微粒子
只要為他的任意運行
被當做磚碼不幸地被碰撞凌襲
被踢成折線式的反三角運動

可怕的閃電如劈刀　瞬間短暫的出現
繪劃一條條血樣的痕跡
卑微的生命似乎直接處於
魔魅的腳蹄下　受霹靂猛打
因他同時要在　患災害的不幸者痛楚中
砥礪磨擦出燦麗的權杖

這啓示我們明白
傾洩全部能力而欲稱霸的真面目
是要改變阻礙的方向
要讓附在霆端的每股雷電

做開路先鋒　把逆角掃蕩
叫抵擋者彎成他所想走的方向

這使軟弱的眾生疲於奔命　　感到無助
同時領悟到一時會得逞
任由他扭曲弄彎
藉由承受的痛苦來作他的變換方程

但可怪的是，這些事理很快被人全然忘記
只要在清醒的時候，是沒有人會提起
這種事情　　這個轉彎的角度看起來彷彿是鈍角
其實　　即是一個直角或是一個銳角
受罪更多，所挨的轟烈景色更慘
也許不少是已經被雷殛殞命了……

在桎梏之下這種受苦的永恆需要
這種極端痛苦的隱密與難於傳達的形容
天才的被動性　　往往被當作統馭的工具
最後連受苦的目擊者
所遭受超過本份的痛苦
都會變成那個不幸年代的利益

但那騷動後的寧靜
像退汐很快地成為過去
眾生的心靈卻滿佈著傷痕
為了再尋找另一種安和
又得會挨雷電變天的襲擊……

第五輯：撲朔的命題與輪迴

舍利子

倒不是聖壇上的「昇化物」
移柩至火葬場，始尋求物理變化
叫焚化爐的高溫孵育火晶球
以高僧幻化的骨氣之雕
轉換人生變術，塑成一顆無常的靈珠

自稱碩大的稀世珍貴的珠璣
讓人觀賞稱頌
而頓時，「甘地」的所謂歸零
形成充滿玄機的天道數理
可還自圓其說：「發現佛道深奧的恆星」

殊不知，零才是真正的圓美
它經過死亡方程式，浴火重生
曾提煉過毀滅，涅槃
顯示零不朽的魂魄空靈……
無懼於任何厄運劫數

掐節節鐵鍊為佛珠

我願把鐵石心腸的獄鍊

節節琢成一連串的佛珠

以正氣抽織柔軟情絲

把他們顆顆節節貫通

掛在我這個思想犯的頸脖

當我修身養性的時候

掐一節獄鍊

唸一聲阿彌陀佛

循環不絕的掐著誦唸

直到我發現菩薩

往生於我心境的淨土上

得道的方程式

這是一位老囚翁
說明在患難中修道的心路歷程
他說因「思想犯」
坐了十年的黑牢學道以來

第一年：掙脫劫數

第二年：克服變數

第三年：對應虛數

第四年：整合有理數

第五年：調諧繁分式

第六年：辯證恆等式

第七年：融和常數

第八年：變成通鬼神的異數

第九年：凝聚的定數參禪的定數

第十年：煉就大悟大徹的真數

天堂地獄

天堂與地獄
他們的同構圖像：
〔天堂（地獄）〕
只是隔著一層薄薄的小括弧

如零地指令
被解析鑲嵌
疑惑的符號
——神秘難解的黑盒子裡

一旦陷入了函數世界的圍牆
無論屬於那種數目
注定要忍受得起
囚禁的痛楚

有道是盼望
因式分解來光顧
迎接那
一扇門的開啟

上帝

我假設未知數
由上帝的存在求證
從完美抽象代數
廣義解析開拓

奇異推想，演算無窮
運算軌跡
極遠似然
千萬度尋不著

演繹邏輯
愈加渺茫
疑似自由元素，懸空端
頻率混然虛無

但，當公理識明
斷定錯誤　紛擾扭結
判我算數齟齬
將我因式分解

最後容理因果
納進相伴因子組
對映點之逆元素
同構零化算子環繞之空間

此時驀然，發現上帝
原來他肅然屹立在
信仰座標元位
　　在時空縱橫交錯的◯零點上

於是，我頓時領悟
由抽象莫名方程
回歸理論中
上帝的永恆推則

神

解析函數奇化點
幻化數學領域
抽象代數簇
非正規則變態反演像
偶然因子交錯行列
虛相映射
置信或然率
不名方程……

上帝的數學詩

我思想的上帝說：
「你要堅忍不拔
振奮起來吧！」

那些威權的劊子手
在勢利中
舐著的是「有限」

而人類
在患難中的愛
卻啜吻著「無窮」

十字架

加的符號
似耶穌的十字架
它常豎立在無數的數目中
扮演著排列
與組合的角色

因此
你問耶穌在那裡
我說耶穌就在
＋的符號裡

人間的函數

一條無限不定方程式
有著數不清的答案
現出一切的世界的神秘
夜空中殞墜的慧星
莫非氣數已盡
恰似劫數被代入消去
我彷彿領悟了數理的奧義
卻又實在未曾算出
但是我已很是滿足求證的原理
因為找得了奇妙的人間函數

數字紛爭的輪迴

所有階級的數目
都被捲入加減乘除紛爭的漩渦
終於在人間方程式裡
無法避免被消去歸零

但，每個數字
並不能忘記，萬物的母胎就是零
從它的虛無中
會孕育再誕生新的數字

生死的數理

生與死
──兩個學生的公因子
他們有如數目的雙胞胎
活躍於一條人生矛盾方程式
在等號（＝）兩端舞台嬉戲
駕著狂風癲雲各自席捲
舞蹈過浩瀚世間的喜怒哀樂
掀起無限疑問的洶湧波浪

從不定方程式等號（＝）的東西陰陽兩方
如果他們要易位換算
按照因式分解的定理
為互相代入消去清帳
必設立方程式的另一端等於零
由於融和統合　產生許多難解的未知數
那所有一切拋擲到世塵逸逝的符號
都不甘寂寞，自我陶醉在朦朧的蓮花座上

希望

希望是世界函數裡
獨立隨機卻不願減量降質的算子
擁有羽化的空間指標
展開無名的公式推演不停

人生方程式裡，全循環邊周框圖
請導迷漫最甜美的成功或然率
收斂狂颷，必然納悶
慣性總愛向前，奔馳無窮

從數學信息檢測
即使到了極限的窮途
其高次奇異性理想譜系
仍執迷超越賦值的涵元

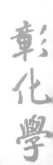

感悟

老，龍鍾了

在球極坐標，退化臨界點

逐漸學習收斂無窮級數

人生方程式的軌跡

靈敏度曲線

延滯分佈

形變曲率　撓度下降

模糊算子

遂與宇宙奧蘊成立

混合性自然同構

基本自化合

麥比烏斯反演公式

Mobus inversior formula

正與反

一二三四

鈔票在報數

四三二一

火箭在倒數

調停

一群無理數
和一群變數
展開加減乘除的清算
戰鬥愈演愈激烈

一位無窮級數見情
便跑來想調停爭端
這時一個無理數開口道：
「除非零騎士前來講和
我們寧願戰死」

和諧的原理

點融匯於線
線擁抱著面
圓周和睦貫通
尖銳的三角頂

這顯現萬物皆有
和諧的自然定律
但　這比喻又有何用
假使人類硬要相爭

比擬

假設人間
　　是一條多層不定方程式
把自己當作各種數目
　　代入演算看看

點在座標上的軌跡
　　雖則變化無窮
函值的差距也各不一樣
但，像遠近的風景，暮色皆蒼茫！

為什麼 之一

有個有理數問道：
「你為什麼不把根
虛根的存在嗎？」

無理數回答說：
「有呀，數學上不是求證過
落實在國度的函數裡」

為什麼 之二

為什麼「加減乘除」的紛爭日益加劇
因人把自己也當做了數目
不斷謀求坐大
那就是為什麼人會為算式而煩惱

為什麼數目會互相清算
因人要解算慾望的方程式
必須向對方因式分解
那就是為什麼數目會互相清算

為什麼人際不等式的差距會擴大
因無窮級數不願收斂
不斷炒爛了公理
那就是為什麼不等式的差距會擴大

為什麼世間的琴弦難調諧
你要是依葫蘆劃幾何切線
硬加添一條傍切圓
那就是為什麼琴弦難於調諧

撲朔迷離

各星執著於自身的立場
以不同的軌道
繞轉隱形的權力領域

雲像花朵映印在魔毯上
祥和時，隨風飄逸趣味盈然
而反目，卻遮暗了太陽

算不清的數字
在天窗乍現乍減
好比晶體的鏡頭發出的萬象

生之「數據機」
累世萬劫的記錄
在不經意的流光中堆積

發達的文明科技
只有像電腦解碼機利用有限的已知程式
又面對「無窮的未知」挑戰！

你一如網路上的蜉蝣
在「滑鼠」窺探的瞬間
逝於光電的掃射中

無所謂厭棄此生
或酷愛本身
更枉然猜測來世

究竟演算不盡啊！
天道數理，對眾生與佛說：
「儘管假設求證吧！」

公理與定律的運用
並非一場無名之戲
直向「無我渺茫之境」馳騁不終止

威權的神智時代
在黑白人間
真實地領悟了嗎？

何不用宇宙奧妙的逆定理
把玄秘混沌的檔案
檢算清楚
老是讓它虛虛實實，撲朔迷離

解答的是甚麼

你解答的是甚麼題目？
呵，公因式？
　「世間無窮的不定方程」
你笑的是什麼話？
啊，未知數
　「是宇宙永恆的疑問」

瞬息千變

一個括弧,提著密封的閉包

在一條不定方程式的路上狂奔

巡察的公理先生:

「喂,站定打開

閉包裡裝的是什麼?」

括弧:「是頂堂皇的王冠」

巡察的公理先生:「是誰的」

括弧:「是個虛數的」

巡察的公理先生:「要送往何處」

括弧:「送往等號(=)東方

　　未知的地方」

巡察的公理:「怎麼不等待,我的發落」

括弧:「因式分解說,這是它的權限」

曹開手稿/王宗仁 攝

「未知」的無窮

世間方程式的方向
　　展現著「未知」的無窮
宇宙的因果地平
　　延伸著無限的「拋物線」

而我氣數
　　發射的火箭
都不因循
　　無常的那一面

恰似幾何愛的矢號「→」
　　不朽的軌線
朝向中天
　　一直往向前→

偽完美虛圖

太陽冉冉升起時
向日葵含笑
對它頌讚：
「多偉大，敬愛的您好！」

當夕暮，日落時辰
向日葵垂頭喪氣
羞愧掩臉
閃眸面對無名的衣簇

顯然地，他多稜角的圓睛
崇拜偉大，陽奉陰違
藐視渺小
是背叛同類的妖艷

黨

擴張攏斷函數的算子群
特徵值的代數簇
恆俱無常的標度效應
冥頑把持一個迷你代數指令

向邱比得的鷹陣
遵循著肖德不動點定理
標榜宏觀浩蕩掠奪
收容四面八方的雄風

號召的是自由理想環
運算的軌道卻是施瓦特不等式
當集合虛數被公理瓦解
高壓機率流型，潰散消失──

主義

幻代數指令的標誌
魔化導函論的識別符
超幾何泛對角頂尖的光芒
算學妖術的無窮極值

主控程序的操縱號碼
偽理想方程式的準則
像渺茫的虛圓
套牢扭結的非正則代數群

狹義的數學範疇
不如仿緊的拓撲孤立空間
當有日視差位移，被因子分解
找不出公式的共軛點

曹開手稿／王宗仁 攝

囚牢

宇宙裡　最狹窄的
人工小黑洞
世界函數裡
清算查封的小〔括弧〕

黑洞一旦吸入
吐出無望
〔括弧〕一旦套進
除非因式分解──

戶口吟

何其煩惱的數字
多麼複雜的人間函式
這身份證的號碼
不也是電腦操控的識別符

流浪的數目，也得落籍謄本
「戶口牌」，懸掛在電桿上
盼回歸到個人的自然和獨立
脫離人口統計學中子集程式的侷限

註：子集，Subset

國家

政治括弧的領域
有著函數的圍牆
迷漫鐵蛇網的幾何軌跡
軍隊好比行列式的方陣展開

朦朧的偽自由理想環
是統轄各種數簇的王國
矛盾方程式
演算著數不清的正交代數群

虛根與實數　變數與常數
受控變量，被整合分解
迭代統和消去法
策勵改進多元方程——

曹開手稿／王宗仁 攝

即興之作

生活
為演算數目而繁忙

思想
因加減乘除而煩惱

異數
常遭括號的囚禁

人權
恆受馬爾可夫鏈的聯鎖

掌中

掌中有 $\left\{\begin{array}{l}\text{方 程 式}\\\text{或 然 率}\\\text{無 窮 級 數}\\\text{命 運 的 軌 跡}\end{array}\right.$

一只小手掌包含著
無數的常數與變數
有理數與無理數
虛數與實數

其實所謂空拳
竟握有無限的函數

結緣

親愛的　讓你的人生方程式
與我的
我的人生方程式
快悅的交結吧！

把我們各自擁有的「變數」
不斷彼此開明的解清
輸通真數融合
使愛與恨
如同負數與正數歸於統合

直到最後
兩元聯立併湊成偶
終於調節還原　合而為一
誕生理想的公因子

命運的邏輯

（一）

每天在蒙地卡羅的
賭盤上跳舞
多麼狡猾，你的幻變
多麼鬼祟無常　你的行徑
你符徵的笑痕
叫全堂的賭棍們瘋魔

（二）

公理虧格的運算
玩弄了或然率的靈魂
那使詐的資本在微電腦裡
傳授秘訣
電腦賭具的程式
全由變數排列組合而成

（三）

在城隍廟旁坐著的
這個電腦算命專家
他的肚臍一專橫的細縫
那是吞食錢幣的嘴巴
錢途通運道　吉凶難卜
永遠有人會上當

凶吉的算法

一個號稱偉大的函數群隔岸列陣
向另一個孤立渺小的函數群
要求說：
「我們雙方的方程式都須尊重公因母的意願
互相整項融合
合併成為一條龐大的
統一聯立方程式
你原是我們的
理應順從指令
免得被無情的因式分解
難道你不認同
還膽敢運用詭譎的〈逆定理〉
搞分裂游離的方程」

想不到，那個渺小的函數群
卻笑著回答道
「你們的行徑
若導向冥頑的軌跡
不合乎天道數理的標準
沒有共同希望的自由理想環可遵循
算式並非開明，充滿變數
像是虛自應變，在捏造〈零虛圓〉
前途凶吉難卜，無常的演繹
連公理也無法做公斷人
失去了平等卻步共軛的數學意義
統合結帳的命題
解算的結果，不就是幻變流形」

弔

這個世界的數目
除零以外
似乎一切都不少，也似乎都茫然

也許數字不多
就多了一個我
那就不如把我消除

但，要是靈肉的變為另一函數
我即一切方程，流轉不絕
由於運算加減乘除反魂

生生不息，宛如數目交替推演
零的名下不見「虛士」
又何曾結帳還清？

曹開手繪稿／王宗仁 攝

夢迴的賦值

我探討於那一切
　美好的方程式
我解析它們
　珍重它們
神祇也得不到
　比電腦計算機敬奉的禮讚
在這科技的尖端時代
　代數的泛化更加使人迷惑
我也要求證一些：
　在這追尋中我怎會變成一個小數點
雖然明日那似乎
　無常的變數
夢迴的賦值
　依稀是虛圓

何能光等待

在我手中的時光
時間是賜給每個急切需要它的人
雖然許多的晝與夜都消過去
但是分秒是必須計算

紊亂的時代
有如花開花落　任其飄零
我們卻不能光等待
還得積極準備迎接良辰

我們沒有時間去蹉跎了
掌握著無窮盡的人生方程式
然後它便會悄悄逃遁無踪
到最後使我們沒有一點收獲

八字人生

想當年十七八

哥哥未娶我先「收八」

人人譏我小豬八

媽忙去卜卦爸請批八

不幸八字期間我生病

由初一病到初八

說什麼八仙難救

除非信八把婚事作罷

罷了罷了只為迷信八字

從此作一輩子

獨身老王八

老王八最恨八

但老了偏又離不開八

眼睛掛著的又是橫字∞

鬍子寫的也是白字八

難道我一生的形相是八？

伊的形影

伊的形影
　是無常的變數
不然，何以一望我
　我就變成了猜疑的問號

伊的形影
　是冥頑的虛根
不然，何以伊一盯著我
　我就開方不起來

伊的形影
　是禍害的劫數
不然，伊一吻著我
　我就被當做清算的籌碼

伊的形影
　是算式的括弧
不然，何以伊一親我
　我的靈魂便失去了自由

愛的心術──數的代入

$$\frac{\left(\dfrac{妳}{她}\right)他}{\dfrac{你}{\dfrac{我}{他}}} = ?$$

追求的甜蜜悲痛

今晚聽到
定理與公式
在「加減乘除」中騷動

天上的銀河
出現了數不清的方程式
眾星宛如數目在心目中悸跳

那「未知」的宇宙間
在我數學的靜默思量裡
帶來了追求的甜蜜悲痛

甜蜜的訣別

死別的時刻
把悲傷轉變成為甜蜜
寧靜些喲
我的心呀

死亡不是一個毀滅
並非絕望的終結
而是因式分解後經由零
進入人生完美的圓

讓愛融化在記憶中
理想譜入歌曲裡
迭代傳誦的詩章
將證明我沒有最後的遺言

曹開手繪稿／王宗仁 攝

最後的結局

最後的結局
像代入而消去的數目
從方程式裡消逝

無影無
離去數群
永遠安眠

唯願孤魂
不再化歸數字
能結帳還清

無須再報數
這是小小心願
最後的結局

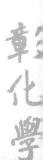

最後的命題

毫無疑問地
在人生方程式裡
我包容了無數
算不清的未知數

如今我信任你
一切愛的數字
但這時最後的命題
卻被歸納為：你＋我＝零

我的心

我的心不停
　　是圓轉的零
外面包圍著無數層
　　未知的（括弧）

心靈外附的層層（括弧）
　　無法像剝開竹筍的外殼
從最外面的一層
　　相繼剝至裡層

除非從最裡面那一層
　　剝到表面
才能剝光
　　得到了真正的開放

世代的浮沫

兩個不同世界的邊沿
好像方程式：零＝圓
有時幻作太陽與月亮
輪迴翱翔於東西兩端

關於生命將來的變換
對自己能知道什麼
演算出來的「已知數」從來有限
「未知數」卻如同星星無窮盡

時間的拋物線
似小數點累積的軌跡
由於世代的浮沫所激起
永遠向前奔流不息

國家圖書館出版品預行編目資料

給小數點台灣－曹開數學詩 / 曹開 著；王宗仁 編訂；
　蕭蕭 校審.－－初版.－－臺中市：晨星，2007
　面；　公分.－－（彰化學；04）

ISBN 978-986-177-169-4(平裝)

851.486　　　　　　　　　　　　　　　　96020323

彰化學 04

給小數點台灣——曹開數學詩

作者	曹　開
編訂／攝影	王　宗　仁
校審	蕭　蕭
編輯	徐　惠　雅　、陳　佑　哲
排版	王　廷　芬
總策畫	林　明　德　、康　原
總策畫單位	彰　化　學　叢　書　編　輯　委　員　會

發行人	陳　銘　民
發行所	晨星出版有限公司
	臺中市407工業區30路1號
	TEL：(04)23595820 FAX：(04)23597123
	E-mail: service@morningstar.com.tw
	http://www.morningstar.com.tw
	行政院新聞局局版台業字第2500號
法律顧問	甘龍強律師
承製	知己圖書股份有限公司　　TEL：(04)23581803
初版	西元2007年12月15日

總經銷	知己圖書股份有限公司
	郵政劃撥：　15060393
	（台北公司）台北市106羅斯福路二段95號4F之3
	TEL：(02)23672044　FAX：(02)23635741
	（台中公司）台中市407工業區30路1號
	TEL：(04)23595819　FAX：(04)23597123

定價250元
ISBN 978-986-177-169-4
Published by Morning Star Publishing Inc.
Printed in Taiwan

請填妥後對折裝訂，直接投郵即可，免貼郵票。

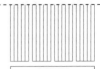
407
台中市工業區30路1號

晨星出版有限公司

---------- 請沿虛線摺下裝訂，謝謝！----------

更方便的購書方式：

(1) 網站：http://www.morningstar.com.tw
(2) 郵政劃撥　帳號：15060393
　　　　　　戶名：知己圖書股份有限公司
　　請於通信欄中註明欲購買之書名及數量
(3) 電話訂：如為大量團購可直接撥客服專線洽詢

◎ 如需詳細書目可上網查詢或來電索取。
◎ 客服專線：04-23595819#230　傳真：04-23597123
◎ 客戶信箱：service@morningstar.com.tw

◆讀者回函卡◆

以下資料或許太過繁瑣，但卻是我們瞭解您的唯一途徑
誠摯期待能與您在下一本書中相逢，讓我們一起從閱讀中尋找樂趣吧！

姓名：＿＿＿＿＿＿＿＿＿＿　別：□ 男　□ 女　生日：　　/　　/

教育程度：＿＿＿＿＿＿＿＿

職業：□ 學生　　　□ 教師　　　□ 內勤職員　　□ 家庭主婦
　　　□ SOHO族　　□ 企業主管　　□ 服務業　　　□ 製造業
　　　□ 醫藥護理　　□ 軍警　　　□ 資訊業　　　□ 銷售業務
　　　□ 其他＿＿＿＿＿＿＿＿＿＿

E-mail：＿＿＿＿＿＿＿＿＿＿＿＿＿　聯絡電話：＿＿＿＿＿＿＿＿

聯絡地址：□□□＿＿＿＿＿＿＿＿＿＿＿＿＿＿＿＿＿＿＿

買書名：彰化學04　給小數點台灣--曹開數學詩　＿＿＿＿＿＿＿＿

・本書中最吸引您的是哪一篇文章或哪一段話呢？＿＿＿＿＿＿＿＿

・誘使您 買此書的原因？

□ 於 ＿＿＿＿＿ 書店尋找新知時　□ 看 ＿＿＿＿＿ 報時瞄到　□ 受海報或文案吸引

□ 翻閱 ＿＿＿＿＿ 雜誌時　□ 親朋好友拍胸脯保證　□ ＿＿＿＿＿ 電台DJ熱情推薦
□ 其他編輯萬萬想不到的過程：＿＿＿＿＿＿＿＿＿＿＿＿＿＿

・對於本書的評分？（請填代號：1. 很滿意 2. OK啦！3. 尚可 4. 需改進）

面設計 ＿＿＿＿　版面編排 ＿＿＿＿　內容 ＿＿＿＿　文 / 譯筆 ＿＿＿＿

・美好的事物、聲音或影像都很吸引人，但究竟是怎樣的書最能吸引您呢？

□ 價格殺紅眼的書　□ 內容符合需求　□ 贈品大碗又滿意　□ 我誓死效忠此作者
□ 晨星出版，必屬佳作！　□ 千里相逢，即是有緣　□ 其他原因，請務必告訴我們！
＿＿＿＿＿＿＿＿＿＿＿＿＿＿＿＿＿＿＿＿＿＿＿＿＿＿＿＿

・您與眾不同的閱讀品味，也請務必與我們分享：

□ 哲學　　　□ 心理學　　□ 宗教　　　□ 自然生態　□ 流行趨勢　□ 醫療保健

□ 財經企管　□ 史地　　　□ 傳記　　　□ 文學　　　□ 散文　　　□ 原住民

□ 小說　　　□ 親子叢書　□ 休閒旅遊　□ 其他＿＿＿＿＿＿＿＿＿＿
以上問題想必耗去您不少心力，為免這份心血白費

請務必將此回函郵寄回本社，或傳真至（04）2359-7123，感謝！
若行有餘力，也請不吝賜教，好讓我們可以出版更多更好的書！

・其他意見：

晨星出版有限公司 編輯群，感謝您！